Märchen-Almanach auf das Jahr 1826

Wilhelm Hauff

Inhalt:

Märchen als Almanach

Die Karawane (Rahmenerzählung)

Kalif Storch

Die Geschichte von dem Gespensterschiff

Die Geschichte von der abgehauenen Hand

Die Errettung Fatmes

Die Geschichte von dem kleinen Muck

Das Märchen vom falschen Prinzen

Märchen-Almanach auf das Jahr 1826

Märchen als Almanach

In einem schönen, fernen Reiche, von welchem die Sage lebt, daß die Sonne in seinen ewig grünen Gärten niemals untergehe, herrschte von Anfang an bis heute die Königin Phantasie. Mit vollen Händen spendete diese seit vielen Jahrhunderten die Fülle des Segens über die Ihrigen und war geliebt, verehrt von allen, die sie kannten. Das Herz der Königin war aber zu groß, als daß sie mit ihren Wohltaten bei ihrem Lande stehen geblieben wäre; sie selbst, im königlichen Schmuck ihrer ewigen Jugend und Schönheit, stieg herab auf die Erde; denn sie hatte gehört, daß dort Menschen wohnen, die ihr Leben in traurigem Ernst, unter Mühe und Arbeit hinbringen. Diesen hatte sie die schönsten Gaben aus ihrem Reiche mitgebracht, und seit die schöne Königin durch die Fluren der Erde gegangen war, waren die Menschen fröhlich bei der Arbeit, heiter in ihrem Ernst.

Auch ihre Kinder, nicht minder schön und lieblich als die königliche Mutter, sandte sie aus, um die Menschen zu beglücken. Einst kam Märchen, die älteste Tochter der Königin, von der Erde zurück. Die Mutter bemerkte, daß Märchen traurig sei, ja, hier und da wollte ihr bedünken, als ob sie verweinte Augen hätte.

"Was hast du, liebes Märchen", sprach die Königin zu ihr, "du bist seit deiner Reise so traurig und niedergeschlagen, willst du deiner Mutter nicht anvertrauen, was dir fehlt? "

"Ach, liebe Mutter", antwortete Märchen, "ich hätte gewiß nicht so lange geschwiegen, wenn ich nicht wüßte, daß mein Kummer auch der deinige ist. "

"Sprich immer, meine Tochter", bat die schöne Königin, "der Gram ist ein Stein, der den einzelnen niederdrückt, aber zwei tragen ihn leicht aus dem Wege. "

"Du willst es", antwortete Märchen, "so höre: Du weißt, wie gerne ich mit den Menschen umgehe, wie ich freudig auch bei dem

Ärmsten vor seiner Hütte sitze, um nach der Arbeit ein Stündchen mit ihm zu verplaudern; sie boten mir auch sonst gleich freundlich die Hand zum Gruß, wenn ich kam, und sahen mir lächelnd und zufrieden nach, wenn ich weiterging; aber in diesen Tagen ist es gar nicht mehr so! "

"Armes Märchen! " sprach die Königin und streichelte ihr die Wange, die von einer Träne feucht war, "aber du bildest dir vielleicht dies alles nur ein? "

"Glaube mir, ich fühle es nur zu gut", entgegnete Märchen, "sie lieben mich nicht mehr. Überall, wo ich hinkomme, begegnen mir kalte Blicke; nirgends bin ich mehr gern gesehen; selbst die Kinder, die ich doch immer so lieb hatte, lachen über mich und wenden mir altklug den Rücken zu. "

Die Königin stützte die Stirne in die Hand und schwieg sinnend.

"Und woher soll es denn", fragte die Königin, "kommen, Märchen, daß sich die Leute da unten so geändert haben? "

"Sieh, die Menschen haben kluge Wächter aufgestellt, die alles, was aus deinem Reich kommt, o Königin Phantasie, mit scharfem Blicke mustern und prüfen. Wenn nun einer kommt, der nicht nach ihrem Sinne ist, so erheben sie ein großes Geschrei, schlagen ihn tot oder verleumden ihn doch so sehr bei den Menschen, die ihnen aufs Wort glauben, daß man gar keine Liebe, kein Fünkchen Zutrauen mehr findet. Ach, wie gut haben es meine Brüder, die Träume, fröhlich und leicht hüpfen sie auf die Erde hinab, fragen nichts nach jenen klugen Männern, besuchen die schlummernden Menschen und weben und malen ihnen, was das Herz beglückt und das Auge erfreut! "

"Deine Brüder sind Leichtfüße", sagte die Königin, "und du, mein Liebling, hast keine Ursache, sie zu beneiden. Jene Grenzwächter kenne ich übrigens wohl; die Menschen haben so unrecht nicht, sie aufzustellen; es kam so mancher windige Geselle und tat, als ob er geradewegs aus meinem Reiche käme, und doch hatte er höchstens von einem Berge zu uns herübergeschaut. "

"Aber warum lassen sie dies mich, deine eigene Tochter, entgelten", weinte Märchen. "Ach, wenn du wüßtest, wie sie es mit mir gemacht haben; sie schalten mich eine alte Jungfer und drohten, mich das nächste Mal gar nicht mehr hereinzulassen. " "Wie, meine Tochter nicht mehr einzulassen? " rief die Königin, und Zorn rötete ihre Wangen. "Aber ich sehe schon, woher dies kommt; die böse Muhme hat uns verleumdet! "

"Die Mode? Nicht möglich! " rief Märchen, "sie tat ja sonst immer so freundlich. "

"Oh! Ich kenne sie, die Falsche", antwortete die Königin, "aber versuche es ihr zum Trotze wieder, meine Tochter, wer Gutes tun will, darf nicht rasten. "

"Ach, Mutter! Wenn sie mich dann ganz zurückweisen, oder wenn sie mich verleumden, daß mich die Menschen nicht ansehen oder einsam und verachtet in der Ecke stehen lassen? "

"Wenn die Alten, von der Mode betört, dich geringschätzen, so wende dich an die Kleinen, wahrlich, sie sind meine Lieblinge, ihnen sende ich meine lieblichsten Bilder durch deine Brüder, die Träume, ja, ich bin schon oft selbst zu ihnen hinabgeschwebt, habe sie geherzt und geküßt und schöne Spiele mit ihnen gespielt; sie kennen mich auch wohl, sie wissen zwar meinen Namen nicht, aber ich habe schon oft bemerkt, wie sie nachts zu meinen Sternen herauflächeln und morgens, wenn meine glänzenden Lämmer am Himmel ziehen, vor Freuden die Hände zusammenschlagen. Auch wenn sie größer werden, lieben sie mich noch, ich helfe dann den lieblichen Mädchen bunte Kränze flechten, und die wilden Knaben werden stiller, wenn ich auf hoher Felsenspitze mich zu ihnen setze, aus der Nebelwelt der fernen, blauen Berge hohe Burgen und glänzende Paläste auftauchen lasse und aus den rötlichen Wolken des Abends kühne Reiterscharen und wunderliche Wallfahrtszüge bilde. "

"O die guten Kinder! " rief Märchen bewegt aus. "Ja, es sei! Mit ihnen will ich es noch einmal versuchen. "

"Ja, du gute Tochter", sprach die Königin, "gehe zu ihnen; aber ich will dich auch ein wenig ordentlich ankleiden, daß du den Kleinen gefällst und die Großen dich nicht zurückstoßen; siehe, das Gewand eines Almanachs will ich dir geben. "

"Eines Almanachs, Mutter? Ach! —Ich schäme mich, so vor den Leuten zu prangen. "

Die Königin winkte, und die Dienerinnen brachten das zierliche Gewand eines Almanachs. Es war von glänzenden Farben und schöne Figuren eingewoben.

Die Zofen flochten dem schönen Mädchen das lange Haar; sie banden ihr goldene Sandalen unter die Füße und hingen ihr dann das Gewand um.

Das bescheidene Märchen wagte nicht aufzublicken, die Mutter aber betrachtete es mit Wohlgefallen und schloß es in ihre Arme. "Gehe hin", sprach sie zu der Kleinen, "mein Segen sei mit dir. Und wenn sie dich verachten und höhnen, so kehre zurück zu mir, vielleicht, daß spätere Geschlechter, getreuer der Natur, ihr Herz dir wieder zuwenden. "

Also sprach die Königin Phantasie. Märchen aber stieg hinab auf die Erde. Mit pochendem Herzen nahte sie dem Ort, wo die klugen Wächter hauseten; sie senkte das Köpfchen zur Erde, sie zog das schöne Gewand enger um sich her, und mit zagendem Schritt nahte sie dem Tor.

"Halt! " rief eine tiefe, rauhe Stimme. "Wache heraus! Da kommt ein neuer Almanach! "

Märchen zitterte, als sie dies hörte; viele ältliche Männer von finsterem Aussehen stürzten hervor; sie hatten spitzige Federn in der Faust und hielten sie dem Märchen entgegen. Einer aus der Schar schritt auf sie zu und packte sie mit rauher Hand am Kinn. "Nur auch den Kopf aufgerichtet, Herr Almanach", schrie er, "daß man Ihm in den Augen ansiehet, ob er was Rechtes ist oder nicht! "

Errötend richtete Märchen das Köpfchen in die Höhe und schlug das dunkle Auge auf.

"Das Märchen! " riefen die Wächter und lachten aus vollem Hals, "das Märchen! Haben wunder gemeint, was da käme! Wie kommst du nur in diesen Rock? "

"Die Mutter hat ihn mir angezogen", antwortete Märchen. "So? Sie will dich bei uns einschwärzen? Nichts da! Hebe dich weg, mach, daß du fortkommst! " riefen die Wächter untereinander und erhoben die scharfen Federn.

"Aber ich will ja nur zu den Kindern", bat Märchen, "dies könnt ihr mir ja doch erlauben. "

"Läuft nicht schon genug solches Gesindel im Land umher? " rief einer der Wächter. "Sie schwatzen nur unseren Kindern dummes Zeug vor. "

"Laßt uns sehen, was sie diesmal weiß! " sprach ein anderer.

"Nun ja", riefen sie, "sag an, was du weißt, aber beeile dich, denn wir haben nicht viele Zeit für dich! "

Märchen streckte die Hand aus und schrieb mit dem Zeigefinger viele Zeichen in die Luft. Da sah man bunte Gestalten vorüberziehen; Karawanen mit schönen Rossen, geschmückte Reiter, viele Zelte im Sand der Wüste; Vögel und Schiffe auf stürmischen Meeren; stille Wälder und volkreiche Plätze und Straßen; Schlachten und friedliche Nomaden, sie alle schwebten in belebten Bildern, in buntem Gewimmel vorüber.

Märchen hatte in dem Eifer, mit welchem sie die Bilder aufsteigen ließ, nicht bemerkt, wie die Wächter des Tores nach und nach eingeschlafen waren. Eben wollte sie neue Zeichen schreiben, als ein freundlicher Mann auf sie zutrat und ihre Hand ergriff. "Siehe her, gutes Märchen", sagte er, indem er auf die Schlafenden zeigte, "für diese sind deine bunten Sachen nichts; schlüpfe schnell durch das Tor; sie ahnen dann nicht, daß du im Lande bist, und du kannst friedlich und unbemerkt deine Straße ziehen. Ich will dich zu meinen Kindern führen; in meinem Hause geb' ich dir ein stilles, freundliches Plätzchen; dort kannst du wohnen und für dich leben; wenn dann meine Söhne und Töchter gut gelernt haben, dürfen sie mit ihren Gespielen zu dir kommen und dir zuhören. Willst du so? "

"Oh, wie gerne folge ich dir zu deinen lieben Kleinen; wie will ich mich befleißen, ihnen zuweilen ein heiteres Stündchen zu machen! "

Der gute Mann nickte ihr freundlich zu und half ihr, über die Füße der schlafenden Wächter hinüberzusteigen. Lächelnd sah sich Märchen um, als sie hinüber war, und schlüpfte dann schnell in das Tor.

Märchen-Almanach auf das Jahr 1826

Die Karawane

Es zog einmal eine große Karawane durch die Wüste. Auf der ungeheuren Ebene, wo man nichts als Sand und Himmel sieht, hörte man schon in weiter Ferne die Glocken der Kamele und die silbernen Röllchen der Pferde, eine dichte Staubwolke, die ihr vorherging, verkündete ihre Nähe, und wenn ein Luftzug die Wolke teilte, blendeten funkelnde Waffen und helleuchtende Gewänder das Auge. So stellte sich die Karawane einem Manne dar, welcher von der Seite her auf sie zuritt. Er ritt ein schönes arabisches Pferd, mit einer Tigerdecke behängt, an dem hochroten Riemenwerk hingen silberne Glöckchen, und auf dem Kopf des Pferdes wehte ein schöner Reiherbusch. Der Reiter sah stattlich aus, und sein Anzug entsprach der Pracht seines Rosses; ein weißer Turban, reich mit Gold bestickt, bedeckte das Haupt; der Rock und die weiten Beinkleider waren von brennendem Rot, ein gekrümmtes Schwert mit reichem Griff an seiner Seite. Er hatte den Turban tief ins Gesicht gedrückt; dies und die schwarzen Augen, die unter buschigen Brauen hervorblitzten, der lange Bart, der unter der gebogenen Nase herabhing, gaben ihm ein wildes, kühnes Aussehen.

Als der Reiter ungefähr auf fünfzig Schritt dem Vortrab der Karawane nahe war, spornte er sein Pferd an und war in wenigen Augenblicken an der Spitze des Zuges angelangt. Es war ein so ungewöhnliches Ereignis, einen einzelnen Reiter durch die Wüste ziehen zu sehen, daß die Wächter des Zuges, einen Überfall befürchtend, ihm ihre Lanzen entgegenstreckten.

"Was wollt ihr", rief der Reiter, als er sich so kriegerisch empfangen sah, "glaubt ihr, ein einzelner Mann werde eure Karawane angreifen?"

Beschämt schwangen die Wächter ihre Lanzen wieder auf, ihr Anführer aber ritt an den Fremden heran und fragte nach seinem Begehr.

"Wer ist der Herr der Karawane?" fragte der Reiter.

"Sie gehört nicht einem Herrn", antwortete der Gefragte, "sondern es sind mehrere Kaufleute, die von Mekka in ihre Heimat ziehen und die wir durch die Wüste geleiten, weil oft allerlei Gesindel die Reisenden beunruhigt. "

"So führt mich zu den Kaufleuten", begehrte der Fremde.

"Das kann jetzt nicht geschehen", antwortete der Führer, "weil wir ohne Aufenthalt weiterziehen müssen und die Kaufleute wenigstens eine Viertelstunde weiter hinten sind; wollt Ihr aber mit mir weiterreiten, bis wir lagern, um Mittagsruhe zu halten, so werde ich Eurem Wunsch willfahren. "

Der Fremde sagte hierauf nichts; er zog eine lange Pfeife, die er am Sattel festgebunden hatte, hervor und fing an in großen Zügen zu rauchen, indem er neben dem Anführer des Vortrabs weiterritt. Dieser wußte nicht, was er aus dem Fremden machen sollte; er wagte es nicht, ihn geradezu nach seinem Namen zu fragen, und so künstlich er auch ein Gespräch anzuknüpfen suchte, der Fremde hatte auf das: "Ihr raucht da einen guten Tabak", oder: "Euer Rapp' hat einen braven Schritt", immer nur mit einem kurzen "Ja, ja! " geantwortet.

Endlich waren sie auf dem Platz angekommen, wo man Mittagsruhe halten wollte. Der Anführer hatte seine Leute als Wachen aufgestellt; er selbst hielt mit dem Fremden, um die Karawane herankommen zu lassen. Dreißig Kamele, schwer beladen, zogen vorüber, von bewaffneten Führern geleitet. Nach diesen kamen auf schönen Pferden die fünf Kaufleute, denen die Karawane gehörte. Es waren meistens Männer von vorgerücktem Alter, ernst und gesetzt aussehend, nur einer schien viel jünger als die übrigen, wie auch froher und lebhafter. Eine große Anzahl Kamele und Packpferde schloß den Zug.

Man hatte Zelte aufgeschlagen und die Kamele und Pferde rings umhergestellt. In der Mitte war ein großes Zelt von blauem Seidenzeug. Dorthin führte der Anführer der Wache den Fremden. Als sie durch den Vorhang des Zeltes getreten waren, sahen sie die fünf Kaufleute auf goldgewirkten Polstern sitzen; schwarze Sklaven reichten ihnen Speise und Getränke. "Wen bringt Ihr uns da? " rief der junge Kaufmann dem Führer zu.

Ehe noch der Führer antworten konnte, sprach der Fremde: "Ich heiße Selim Baruch und bin aus Bagdad; ich wurde auf einer Reise nach Mekka von einer Räuberhorde gefangen und habe mich vor drei Tagen heimlich aus der Gefangenschaft befreit. Der große Prophet ließ mich die Glocken eurer Karawane in weiter Ferne hören, und so kam ich bei euch an. Erlaubet mir, daß ich in eurer Gesellschaft reise! Ihr werdet euren Schutz keinem Unwürdigen schenken, und so ihr nach Bagdad kommet, werde ich eure Güte reichlich belohnen denn ich bin der Neffe des Großwesirs. "

Der älteste der Kaufleute nahm das Wort: "Selim Baruch", sprach er, "sei willkommen in unserem Schatten. Es macht uns Freude, dir beizustehen; vor allem aber setze dich und iß und trinke mit uns. "

Selim Baruch setzte sich zu den Kaufleuten und aß und trank mit ihnen. Nach dem Essen räumten die Sklaven die Geschirre hinweg und brachten lange Pfeifen und türkischen Sorbet. Die Kaufleute saßen lange schweigend, indem sie die bläulichen Rauchwolken vor sich hinbliesen und zusahen, wie sie sich ringelten und verzogen und endlich in die Luft verschwebten. Der junge Kaufmann brach endlich das Stillschweigen: "So sitzen wir seit drei Tagen", sprach er, "zu Pferd und am Tisch, ohne uns durch etwas die Zeit zu vertreiben. Ich verspüre gewaltig Langeweile, denn ich bin gewohnt, nach Tisch Tänzer zu sehen oder Gesang und Musik zu hören. Wißt ihr gar nichts, meine Freunde, das uns die Zeit vertreibt? "

Die vier älteren Kaufleute rauchten fort und schienen ernsthaft nachzusinnen, der Fremde aber sprach: "Wenn es mir erlaubt ist, will ich euch einen Vorschlag machen. Ich meine, auf jedem Lagerplatz könnte einer von uns den anderen etwas erzählen. Dies könnte uns schon die Zeit vertreiben. "

"Selim Baruch, du hast wahr gesprochen", sagte Achmet, der älteste der Kaufleute, "laßt uns den Vorschlag annehmen. "

"Es freut mich, wenn euch der Vorschlag behagt", sprach Selim, "damit ihr aber sehet, daß ich nichts Unbilliges verlange, so will ich den Anfang machen. "

Vergnügt rückten die fünf Kaufleute näher zusammen und ließen den Fremden in ihrer Mitte sitzen. Die Sklaven schenkten die Becher wieder voll, stopften die Pfeifen ihrer Herren frisch und brachten glühende Kohlen zum Anzünden. Selim aber erfrischte seine Stimme mit einem tüchtigen Zuge Sorbet, strich den langen Bart über dem Mund weg und sprach:

"So hört denn die Geschichte vom Kalif Storch. "

Als Selim Baruch seine Geschichte beendet hatte, bezeugten sich die Kaufleute sehr zufrieden damit. "Wahrhaftig, der Nachmittag ist uns vergangen, ohne daß wir merkten wie! " sagte einer derselben, indem er die Decke des Zeltes zurückschlug. "Der Abendwind wehet kühl, und wir könnten noch eine gute Strecke Weges zurücklegen. " Seine Gefährten waren damit einverstanden, die Zelte wurden abgebrochen, und die Karawane machte sich in der nämlichen Ordnung, in welcher sie herangezogen war, auf den Weg.

Sie ritten beinahe die ganze Nacht hindurch, denn es war schwül am Tage, die Nacht aber war erquicklich und sternhell. Sie kamen endlich an einem bequemen Lagerplatz an, schlugen die Zelte auf und legten sich zur Ruhe. Für den Fremden aber sorgten die Kaufleute, wie wenn er ihr wertester Gastfreund wäre. Der eine gab ihm Polster, der andere Decken, ein dritter gab ihm Sklaven, kurz, er wurde so gut bedient, als ob er zu Hause wäre. Die heißeren Stunden des Tages waren schon heraufgekommen, als sie sich wieder erhoben, und sie beschlossen einmütig, hier den Abend abzuwarten. Nachdem sie miteinander gespeist hatten, rückten sie wieder näher zusammen, und der junge Kaufmann wandte sich an den ältesten und sprach: "Selim Baruch hat uns gestern einen vergnügten Nachmittag bereitet, wie wäre es, Achmet, wenn Ihr uns auch etwas erzähltet, sei es nun aus Eurem langen Leben, das wohl viele Abenteuer aufzuweisen hat, oder sei es auch ein hübsches Märchen. " Achmet schwieg auf diese Anrede eine Zeitlang, wie wenn er bei sich im Zweifel wäre, ob er dies oder jenes sagen sollte oder nicht; endlich fing er an zu sprechen:

"Liebe Freunde! Ihr habt euch auf dieser unserer Reise als treue Gesellen erprobt, und auch Selim verdient mein Vertrauen; daher will ich euch etwas aus meinem Leben mitteilen, das ich sonst ungern und nicht jedem erzähle: die Geschichte von dem Gespensterschiff."

Die Reise der Karawane war den anderen Tag ohne Hindernis fürder gegangen, und als man im Lagerplatz sich erholt hatte, begann Selim, der Fremde, zu Muley, dem jüngsten der Kaufleute, also zu sprechen:

"Ihr seid zwar der Jüngste von uns, doch seid Ihr immer fröhlich und wißt für uns gewiß irgendeinen guten Schwank. Tischet ihn auf, daß er uns erquicke nach der Hitze des Tages!"

"Wohl möchte ich euch etwas erzählen", antwortete Muley, "das euch Spaß machen könnte, doch der Jugend ziemt Bescheidenheit in allen Dingen; darum müssen meine älteren Reisegefährten den Vorrang haben. Zaleukos ist immer so ernst und verschlossen, sollte er uns nicht erzählen, was sein Leben so ernst machte? Vielleicht, daß wir seinen Kummer, wenn er solchen hat, lindern können; denn gerne dienen wir dem Bruder, wenn er auch anderen Glaubens ist."

Der Aufgerufene war ein griechischer Kaufmann, ein Mann in mittleren Jahren, schön und kräftig, aber sehr ernst. Ob er gleich ein Ungläubiger (nicht Muselmann) war, so liebten ihn doch seine Reisegefährten, denn er hatte durch sein ganzes Wesen Achtung und Zutrauen eingeflößt. Er hatte übrigens nur eine Hand, und einige seiner Gefährten vermuteten, daß vielleicht dieser Verlust ihn so ernst stimme.

Zaleukos antwortete auf die zutrauliche Frage Muleys: "Ich bin sehr geehrt durch euer Zutrauen; Kummer habe ich keinen, wenigstens keinen, von welchem ihr auch mit dem besten Willen mir helfen könntet. Doch weil Muley mir meinen Ernst vorzuwerfen scheint, so will ich euch einiges erzählen, was mich rechtfertigen soll, wenn ich ernster bin als andere Leute. Ihr sehet, daß ich meine linke Hand verloren habe. Sie fehlt mir nicht von Geburt an, sondern ich habe sie in den schrecklichsten Tagen meines Lebens eingebüßt. Ob ich die Schuld davon trage, ob ich unrecht habe, seit jenen Tagen ernster, als es meine Lage mit sich bringt, zu sein, möget ihr beurteilen, wenn ihr vernommen habt die Geschichte von der abgehauenen Hand."

Zaleukos, der griechische Kaufmann, hatte seine Geschichte geendigt. Mit großer Teilnahme hatten ihm die übrigen zugehört, besonders der Fremde schien sehr davon ergriffen zu sein; er hatte einigemal tief geseufzt, und Muley schien es sogar, als habe er einmal Tränen in den Augen gehabt. Sie besprachen sich noch lange Zeit über diese Geschichte.

"Und haßt Ihr den Unbekannten nicht, der Euch so schnöd' um ein so edles Glied Eures Körpers, der selbst Euer Leben in Gefahr brachte?" fragte der Fremde.

"Wohl gab es in früherer Zeit Stunden", antwortete der Grieche, "in denen mein Herz ihn vor Gott angeklagt, daß er diesen Kummer über mich gebracht und mein Leben vergiftet habe; aber ich fand Trost in dem Glauben meiner Väter, und dieser befiehlt mir, meine Feinde zu lieben; auch ist er wohl noch unglücklicher als ich."

"Ihr seid ein edler Mann!" rief der Fremde und drückte gerührt dem Griechen die Hand.

Der Anführer der Wache unterbrach sie aber in ihrem Gespräch. Er trat mit besorgter Miene in das Zelt und berichtete, daß man sich nicht der Ruhe überlassen dürfe; denn hier sei die Stelle, wo gewöhnlich die Karawanen angegriffen würden, auch glaubten seine Wachen, in der Entfernung mehrere Reiter zu sehen.

Die Kaufleute waren sehr bestürzt über diese Nachricht; Selim, der Fremde, aber wunderte sich über ihre Bestürzung und meinte, daß sie so gut geschätzt wären, daß sie einen Trupp räuberischer Araber nicht zu fürchten brauchten.

"Ja, Herr! " entgegnete ihm der Anführer der Wache. "Wenn es nur solches Gesindel wäre, könnte man sich ohne Sorge zur Ruhe legen; aber seit einiger Zeit zeigt sich der furchtbare Orbasan wieder, und da gilt es, auf seiner Hut zu sein. "

Der Fremde fragte, wer denn dieser Orbasan sei, und Achmet, der alte Kaufmann, antwortete ihm: "Es gehen allerlei Sagen unter dem Volke über diesen wunderbaren Mann. Die einen halten ihn für ein übermenschliches Wesen, weil er oft mit fünf bis sechs Männern zumal einen Kampf besteht, andere halten ihn für einen tapferen Franken, den das Unglück in diese Gegend verschlagen habe; von allem aber ist nur so viel gewiß, daß er ein verruchter Mörder und Dieb ist. "

"Das könnt Ihr aber doch nicht behaupten", entgegnete ihm Lezah, einer der Kaufleute. "Wenn er auch ein Räuber ist, so ist er doch ein edler Mann, und als solcher hat er sich an meinem Bruder bewiesen, wie ich Euch erzählen könnte. Er hat seinen ganzen Stamm zu geordneten Menschen gemacht, und so lange er die Wüste durchstreift, darf kein anderer Stamm es wagen, sich sehen zu lassen. Auch raubt er nicht wie andere, sondern er erhebt nur ein Schutzgeld von den Karawanen, und wer ihm dieses willig bezahlt, der ziehet ungefährdet weiter; denn Orbasan ist der Herr der Wüste."

Also sprachen unter sich die Reisenden im Zelte; die Wachen aber, die um den Lagerplatz ausgestellt waren, begannen unruhig zu werden. Ein ziemlich bedeutender Haufe bewaffneter Reiter zeigte sich in der Entfernung einer halben Stunde; sie schienen gerade auf das Lager zuzureiten. Einer der Männer von der Wache ging daher in das Zelt, um zu verkünden, daß sie wahrscheinlich angegriffen würden. Die Kaufleute berieten sich untereinander, was zu tun sei, ob man ihnen entgegengehen oder den Angriff abwarten solle. Achmet und die zwei älteren Kaufleute wollten das letztere, der feurige Muley aber und Zaleukos verlangten das erstere und riefen den Fremden zu ihrem Beistand auf. Dieser zog ruhig ein kleines, blaues Tuch mit roten Sternen aus seinem Gürtel hervor, band es an eine Lanze und befahl einem der Sklaven, es auf das Zelt zu stecken;

er setze sein Leben zum Pfand, sagte er, die Reiter werden, wenn sie dieses Zeichen sehen, ruhig vorüberziehen. Muley glaubte nicht an den Erfolg, der Sklave aber steckte die Lanze auf das Zelt. Inzwischen hatten alle, die im Lager waren, zu den Waffen gegriffen und sahen in gespannter Erwartung den Reitern entgegen. Doch diese schienen das Zeichen auf dem Zelte erblickt zu haben, sie wichen plötzlich von ihrer Richtung auf das Lager ab und zogen in einem großen Bogen auf der Seite hin.

Verwundert standen einige Augenblicke die Reisenden und sahen bald auf die Reiter, bald auf den Fremden. Dieser stand ganz gleichgültig, wie wenn nichts vorgefallen wäre, vor dem Zelte und blickte über die Ebene hin. Endlich brach Muley das Stillschweigen. "Wer bist du, mächtiger Fremdling", rief er aus, "der du die wilden Horden der Wüste durch einen Wink bezähmst? "

"Ihr schlagt meine Kunst höher an, als sie ist", antwortete Selim Baruch. "Ich habe mich mit diesem Zeichen versehen, als ich der Gefangenschaft entfloh; was es zu bedeuten hat, weiß ich selbst nicht; nur so viel weiß ich, daß, wer mit diesem Zeichen reiset, unter mächtigem Schutze steht. "

Die Kaufleute dankten dem Fremden und nannten ihn ihren Erretter. Wirklich war auch die Anzahl der Reiter so groß gewesen, daß wohl die Karawane nicht lange hätte Widerstand leisten können.

Mit leichterem Herzen begab man sich jetzt zur Ruhe, und als die Sonne zu sinken begann und der Abendwind über die Sandebene hinstrich, brachen sie auf und zogen weiter.

Am nächsten Tage lagerten sie ungefähr nur noch eine Tagreise von dem Ausgang der Wüste entfernt. Als sich die Reisenden wieder in dem großen Zelt versammelt hatten, nahm Lezah, der Kaufmann, das Wort:

"Ich habe euch gestern gesagt, daß der gefürchtete Orbasan ein edler Mann sei, erlaubt mir, daß ich es euch heute durch die Erzählung der Schicksale meines Bruders beweise. Mein Vater war Kadi in Akara.

Er hatte drei Kinder. Ich war der Älteste, ein Bruder und eine Schwester waren bei weitem jünger als ich. Als ich zwanzig Jahre alt war, rief mich ein Bruder meines Vaters zu sich. Er setzte mich zum Erben seiner Güter ein, mit der Bedingung, daß ich bis zu seinem Tode bei ihm bleibe. Aber er erreichte ein hohes Alter, so daß ich erst vor zwei Jahren in meine Heimat zurückkehrte und nichts davon wußte, welch schreckliches Schicksal indes mein Haus betroffen und wie gütig Allah es gewendet hatte. " Die Errettung Fatmes

Die Karawane hatte das Ende der Wüste erreicht, und fröhlich begrüßten die Reisenden die grünen Matten und die dichtbelaubten Bäume, deren lieblichen Anblick sie viele Tage entbehrt hatten. In einem schönen Tale lag eine Karawanserei, die sie sich zum Nachtlager wählten, und obgleich sie wenig Bequemlichkeit und Erfrischung darbot, so war doch die ganze Gesellschaft heiterer und zutraulicher als je; denn der Gedanke, den Gefahren und Beschwerlichkeiten, die eine Reise durch die Wüste mit sich bringt, entronnen zu sein, hatte alle Herzen geöffnet und die Gemüter zu Scherz und Kurzweil gestimmt. Muley, der junge lustige Kaufmann, tanzte einen komischen Tanz und sang Lieder dazu, die selbst dem ernsten Griechen Zaleukos ein Lächeln entlockten. Aber nicht genug, daß er seine Gefährten durch Tanz und Spiel erheitert hatte, er gab ihnen auch noch die Geschichte zum besten, die er ihnen versprochen hatte, und hub, als er von seinen Luftsprüngen sich erholt hatte, also zu erzählen an: Die Geschichte von dem kleinen Muck.

"So erzählte mir mein Vater; ich bezeugte ihm meine Reue über mein rohes Betragen gegen den guten kleinen Mann, und mein Vater schenkte mir die andere Hälfte der Strafe, die er mir zugedacht hatte. Ich erzählte meinen Kameraden die wunderbaren Schicksale des Kleinen, und wir gewannen ihn so lieb, daß ihn keiner mehr schimpfte. Im Gegenteil, wir ehrten ihn, solange er lebte, und haben uns vor ihm immer so tief wie vor Kadi und Mufti gebückt. "

Die Reisenden beschlossen, einen Rasttag in dieser Karawanserei zu machen, um sich und die Tiere zur weiteren Reise zu stärken. Die gestrige Fröhlichkeit ging auch auf diesen Tag über, und sie ergötzten sich in allerlei Spielen. Nach dem Essen aber riefen sie dem fünften Kaufmann, Ali Sizah, zu, auch seine Schuldigkeit gleich den übrigen zu tun und eine Geschichte zu erzählen. Er antwortete, sein Leben sei zu arm an auffallenden Begebenheiten, als daß er ihnen etwas davon mitteilen möchte, daher wolle er ihnen etwas anderes erzählen, nämlich: Das Märchen vom falschen Prinzen.

Mit Sonnenaufgang brach die Karawane auf und gelangte bald nach Birket el Had oder dem Pilgrimsbrunnen, von wo es nur noch drei Stunden Weges nach Kairo waren — Man hatte um diese Zeit die Karawane erwartet, und bald hatten die Kaufleute die Freude, ihre Freunde aus Kairo ihnen entgegenkommen zu sehen. Sie zogen in die Stadt durch das Tor Bebel Falch; denn es wird für eine glückliche Vorbedeutung gehalten, wenn man von Mekka kommt, durch dieses Tor einzuziehen, weil der Prophet hindurchgezogen ist.

Auf dem Markt verabschiedeten sich die vier türkischen Kaufleute von dem Fremden und dem griechischen Kaufmann Zaleukos und gingen mit ihren Freunden nach Haus. Zaleukos aber zeigte dem Fremden eine gute Karawanserei und lud ihn ein, mit ihm das Mittagsmahl zu nehmen. Der Fremde sagte zu und versprach, wenn er nur vorher sich umgekleidet habe, zu erscheinen.

Der Grieche hatte alle Anstalten getroffen, den Fremden, welchen er auf der Reise liebgewonnen hatte, gut zu bewirten, und als die Speisen und Getränke in gehöriger Ordnung aufgestellt waren, setzte er sich, seinen Gast zu erwarten.

Langsam und schweren Schrittes hörte er ihn den Gang, der zu seinem Gemach führte, heraufkommen. Er erhob sich, um ihm freundlich entgegenzusehen und ihn an der Schwelle zu bewillkommnen; aber voll Entsetzen fuhr er zurück, als er die Türe öffnete; denn jener schreckliche Rotmantel trat ihm entgegen; er warf noch einen Blick auf ihn, es war keine Täuschung; dieselbe hohe, gebietende Gestalt, die Larve, aus welcher ihn die dunklen Augen anblitzten, der rote Mantel mit der goldenen Stickerei waren ihm nur allzuwohl bekannt aus den schrecklichsten Stunden seines Lebens.

Widerstreitende Gefühle wogten in Zaleukos Brust; er hatte sich mit diesem Bild seiner Erinnerung längst ausgesöhnt und ihm vergeben, und doch riß sein Anblick alle seine Wunden wieder auf; alle jene qualvollen Stunden der Todesangst, jener Gram, der die Blüte seines Lebens vergiftete, zogen im Flug eines Augenblicks an seiner Seele vorüber.

"Was willst du, Schrecklicher? " rief der Grieche aus, als die Erscheinung noch immer regungslos auf der Schwelle stand. "Weiche schnell von hinnen, daß ich dir nicht fluche! "

"Zaleukos! " sprach eine bekannte Stimme unter der Larve hervor. "Zaleukos! So empfängst du deinen Gastfreund? " Der Sprechende nahm die Larve ab, schlug den Mantel zurück; es war Selim Baruch, der Fremde.

Aber Zaleukos schien noch nicht beruhigt, ihm graute vor dem Fremden; denn nur zu deutlich hatte er in ihm den Unbekannten von der Ponte vecchio erkannt; aber die alte Gewohnheit der Gastfreundschaft siegte; er winkte schweigend dem Fremden, sich zu ihm ans Mahl zu setzen.

"Ich errate deine Gedanken", nahm dieser das Wort, als sie sich gesetzt hatten. "Deine Augen sehen fragend auf mich—ich hätte schweigen und mich deinen Blicken nie mehr zeigen können, aber ich bin dir Rechenschaft schuldig, und darum wagte ich es auch, auf die Gefahr hin, daß du mir fluchtest, vor dir in meiner alten Gestalt zu erscheinen. Du sagtest einst zu mir: Der Glaube meiner Väter befiehlt mir, ihn zu lieben, auch ist er wohl unglücklicher als ich; glaube dieses, mein Freund, und höre meine Rechtfertigung!

Ich muß weit ausholen, um mich dir ganz verständlich zu machen. Ich bin in Alessandria von christlichen Eltern geboren. Mein Vater, der jüngere Sohn eines alten, berühmten französischen Hauses, war Konsul seines Landes in Alessandria. Ich wurde von meinem zehnten Jahre an in Frankreich bei einem Bruder meiner Mutter erzogen und verließ erst einige Jahre nach dem Ausbruch der Revolution mein Vaterland, um mit meinem Oheim, der in dem

Lande seiner Ahnen nicht mehr sicher war, über dem Meer bei meinen Eltern eine Zuflucht zu suchen. Voll Hoffnung, die Ruhe und den Frieden, den uns das empörte Volk der Franzosen entrissen, im elterlichen Hause wiederzufinden, landeten wir. Aber ach! Ich fand nicht alles in meines Vaters Hause, wie es sein sollte; die äußeren Stürme der bewegten Zeit waren zwar noch nicht bis hierher gelangt, desto unerwarteter hatte das Unglück mein Haus im innersten Herzen heimgesucht. Mein Bruder, ein junger, hoffnungsvoller Mann, erster Sekretär meines Vaters, hatte sich erst seit kurzem mit einem jungen Mädchen, der Tochter eines florentinischen Edelmanns, der in unserer Nachbarschaft wohnte, verheiratet; zwei Tage vor unserer Ankunft war diese auf einmal verschwunden, ohne daß weder unsere Familie noch ihr Vater die geringste Spur von ihr auffinden konnten. Man glaubte endlich, sie habe sich auf einem Spaziergang zu weit gewagt und sei in Räuberhände gefallen. Beinahe tröstlicher wäre dieser Gedanke für meinen armen Bruder gewesen als die Wahrheit, die uns nur bald kund wurde. Die Treulose hatte sich mit einem jungen Neapolitaner, den sie im Hause ihres Vaters kennengelernt hatte, eingeschifft. Mein Bruder, aufs äußerste empört über diesen Schritt, bot alles auf, die Schuldige zur Strafe zu ziehen; doch vergebens; seine Versuche, die in Neapel und Florenz Aufsehen erregt hatten, dienten nur dazu, sein und unser aller Unglück zu vollenden. Der florentinische Edelmann reiste in sein Vaterland zurück, zwar mit dem Vorgeben, meinem Bruder Recht zu verschaffen, der Tat nach aber, um uns zu verderben. Er schlug in Florenz alle jene Untersuchungen, welche mein Bruder angeknüpft hatte, nieder und wußte seinen Einfluß, den er auf alle Art sich verschafft hatte, so gut zu benützen, daß mein Vater und mein Bruder ihrer Regierung verdächtig gemacht und durch die schändlichsten Mittel gefangen, nach Frankreich geführt und dort vom Beil des Henkers getötet wurden. Meine arme Mutter verfiel in Wahnsinn, und erst nach zehn langen Monaten erlöste sie der Tod von ihrem schrecklichen Zustand, der aber in den letzten Tagen zu vollem, klarem Bewußtsein geworden war. So stand ich jetzt ganz allein in der Welt, aber nur ein Gedanke beschäftigte meine Seele, nur ein Gedanke ließ mich meine Trauer vergessen, es war jene mächtige Flamme, die meine Mutter in ihrer letzten Stunde in mir angefacht hatte.

In den letzten Stunden war, wie ich dir sagte, ihr Bewußtsein zurückgekehrt; sie ließ mich rufen und sprach mit Ruhe von unserem Schicksal und ihrem Ende. Dann aber ließ sie alle aus dem Zimmer gehen, richtete sich mit feierlicher Miene von ihrem ärmlichen Lager auf und sagte, ich könne mir ihren Segen erwerben, wenn ich ihr schwöre, etwas auszuführen, das sie mir auftragen würde—Ergriffen von den Worten der sterbenden Mutter, gelobte ich mit einem Eide zu tun, wie sie mir sagen werde. Sie brach nun in Verwünschungen gegen den Florentiner und seine Tochter aus und legte mir mit den fürchterlichsten Drohungen ihres Fluches auf, mein unglückliches Haus an ihm zu rächen. Sie starb in meinen Armen. Jener Gedanke der Rache hatte schon lange in meiner Seele geschlummert; jetzt erwachte er mit aller Macht. Ich sammelte den Rest meines väterlichen Vermögens und schwor mir, alles an meine Rache zu setzen oder selbst mit unterzugehen.

Bald war ich in Florenz, wo ich mich so geheim als möglich aufhielt; mein Plan war um vieles erschwert worden durch die Lage, in welcher sich meine Feinde befanden. Der alte Florentiner war Gouverneur geworden und hatte so alle Mittel in der Hand, sobald er das geringste ahnte, mich zu verderben. Ein Zufall kam mir zu Hilfe. Eines Abends sah ich einen Menschen in bekannter Livree durch die Straßen gehen; sein unsicherer Gang, sein finsterer Blick und das halblaut herausgestoßene "Santo sacramento", "Maledetto diavolo" ließen mich den alten Pietro, einen Diener des Florentiners, den ich schon in Alessandria gekannt hatte, erkennen. Ich war nicht in Zweifel, daß er über seinen Herrn in Zorn geraten sei, und beschloß, seine Stimmung zu benützen. Er schien sehr überrascht, mich hier zu sehen, klagte mir sein Leiden, daß er seinem Herrn, seit er Gouverneur geworden, nichts mehr recht machen könne, und mein Gold, unterstützt von seinem Zorn, brachte ihn bald auf meine Seite. Das Schwierigste war jetzt beseitigt; ich hatte einen Mann in meinem Solde, der mir zu jeder Stunde die Türe meines Feindes öffnete, und nun reifte mein Racheplan immer schneller heran. Das Leben des alten Florentiners schien mir ein zu geringes Gewicht, dem Untergang meines Hauses gegenüber, zu haben. Sein Liebstes mußte er gemordet sehen, und dies war Bianka, seine Tochter. Hatte ja sie so schändlich an meinem Bruder gefrevelt, war ja doch sie die

Ursache unseres Unglücks. Gar erwünscht kam sogar meinem rachedürstigen Herzen die Nachricht, daß in dieser Zeit Bianka zum zweitenmal sich vermählen wollte, es war beschlossen, sie mußte sterben. Aber mir selbst graute vor der Tat, und auch Pietro traute sich zu wenig Kraft zu; darum spähten wir umher nach einem Mann, der das Geschäft vollbringen könne. Unter den Florentinern wagte ich keinen zu dingen, denn gegen den Gouverneur würde keiner etwas Solches unternommen haben. Da fiel Pietro der Plan ein, den ich nachher ausgeführt habe; zugleich schlug er dich als Fremden und Arzt als den Tauglichsten vor. Den Verlauf der Sache weißt du. Nur an deiner großen Vorsicht und Ehrlichkeit schien mein Unternehmen zu scheitern. Daher der Zufall mit dem Mantel.

Pietro öffnete uns das Pförtchen an dem Palast des Gouverneurs; er hätte uns auch ebenso heimlich wieder hinausgeleitet, wenn wir nicht, durch den schrecklichen Anblick, der sich uns durch die Türspalte darbot, erschreckt, entflohen wären. Von Schrecken und Reue gejagt, war ich über zweihundert Schritte fortgerannt, bis ich auf den Stufen einer Kirche niedersank. Dort erst sammelte ich mich wieder, und mein erster Gedanke warst du und dein schreckliches Schicksal, wenn man dich in dem Hause fände. Ich schlich an den Palast, aber weder von Pietro noch von dir konnte ich eine Spur entdecken; das Pförtchen aber war offen, so konnte ich wenigstens hoffen, daß du die Gelegenheit zur Flucht benützt haben könntest.

Als aber der Tag anbrach, ließ mich die Angst vor der Entdeckung und ein unabweisbares Gefühl von Reue nicht mehr in den Mauern von Florenz. Ich eilte nach Rom. Aber denke dir meine Bestürzung, als man dort nach einigen Tagen überall diese Geschichte erzählte mit dem Beisatz, man habe den Mörder, einen griechischen Arzt, gefangen. Ich kehrte in banger Besorgnis nach Florenz zurück; denn schien mir meine Rache schon vorher zu stark, so verfluchte ich sie jetzt, denn sie war mir durch dein Leben allzu teuer erkauft. Ich kam an demselben Tage an, der dich der Hand beraubte. Ich schweige von dem, was ich fühlte, als ich dich das Schafott besteigen und so heldenmütig leiden sah. Aber damals, als dein Blut in Strömen aufspritzte, war der Entschluß fest in mir, dir deine übrigen Lebenstage zu versüßen. Was weiter geschehen ist, weißt du, nur das bleibt mir noch zu sagen übrig, warum ich diese Reise mit dir machte.

Als eine schwere Last drückte mich der Gedanke, daß du mir noch immer nicht vergeben habest; darum entschloß ich mich, viele Tage mit dir zu leben und dir endlich Rechenschaft abzulegen von dem, was ich mit dir getan."

Schweigend hatte der Grieche seinen Gast angehört; mit sanftem Blick bot er ihm, als er geendet hatte, seine Rechte. "Ich wußte wohl, daß du unglücklicher sein müßtest als ich, denn jene grausame Tat wird wie eine dunkle Wolke ewig deine Tage verfinstern; ich vergebe dir von Herzen. Aber erlaube mir noch eine Frage: Wie kommst du unter dieser Gestalt in die Wüste? Was fingst du an, nachdem du in Konstantinopel mir das Haus gekauft hattest?"

"Ich ging nach Alessandria zurück", antwortete der Gefragte. "Haß gegen alle Menschen tobte in meiner Brust, brennender Haß besonders gegen jene Nationen, die man die gebildeten nennt. Glaube mir, unter meinen Moslemiten war mir wohler! Kaum war ich einige Monate in Alessandria, als jene Landung meiner Landsleute erfolgte.

Ich sah in ihnen nur die Henker meines Vaters und meines Bruders; darum sammelte ich einige gleichgesinnte junge Leute meiner Bekanntschaft und schloß mich jenen tapferen Mamelucken an, die so oft der Schrecken des französischen Heeres wurden. Als der Feldzug beendigt war, konnte ich mich nicht entschließen, zu den Künsten des Friedens zurückzukehren. Ich lebte mit einer kleinen Anzahl gleichdenkender Freunde ein unstetes und flüchtiges, dem Kampf und der Jagd geweihtes Leben; ich lebe zufrieden unter diesen Leuten, die mich wie ihren Fürsten ehren; denn wenn meine Asiaten auch nicht so gebildet sind wie Eure Europäer, so sind sie doch weit entfernt von Neid und Verleumdung, von Selbstsucht und Ehrgeiz."

Zaleukos dankte dem Fremden für seine Mitteilung, aber er verbarg ihm nicht, daß er es für seinen Stand, für seine Bildung angemessener fände, wenn er in christlichen, in europäischen Ländern leben und wirken würde. Er faßte seine Hand und bat ihn, mit ihm zu ziehen, bei ihm zu leben und zu sterben.

Gerührt sah ihn der Gastfreund an. "Daraus erkenne ich", sagte er, "daß du mir ganz vergeben hast, daß du mich liebst. Nimm meinen innigsten Dank dafür! " Er sprang auf und stand in seiner ganzen Größe vor dem Griechen, dem vor dem kriegerischen Anstand, den dunkel blitzenden Augen, der tiefen Stimme seines Gastes beinahe graute. "Dein Vorschlag ist schön", sprach jener weiter, "er möchte für jeden andern lockend sein—ich kann ihn nicht benützen. Schon steht mein Roß gesattelt, erwarten mich meine Diener; lebe wohl, Zaleukos! " Die Freunde, die das Schicksal so wunderbar zusammengeführt, umarmten sich zum Abschied. "Und wie nenne ich dich? Wie heißt mein Gastfreund, der auf ewig in meinem Gedächtnis leben wird? " fragte der Grieche.

Der Fremde sah ihn lange an, drückte ihm noch einmal die Hand und sprach: "Man nennt mich den Herrn der Wüste; ich bin der Räuber Orbasan. "

Märchen-Almanach auf das Jahr 1826

Kalif Storch

Der Kalif Chasid zu Bagdad saß einmal an einem schönen Nachmittag behaglich auf seinem Sofa; er hatte ein wenig geschlafen, denn es war ein heißer Tag, und sah nun nach seinem Schläfchen recht heiter aus. Er rauchte aus einer langen Pfeife von Rosenholz, trank hier und da ein wenig Kaffee, den ihm ein Sklave einschenkte, und strich sich allemal vergnügt den Bart, wenn es ihm geschmeckt hatte. Kurz, man sah dem Kalifen an, daß es ihm recht wohl war. Um diese Stunde konnte man gar gut mit ihm reden, weil er da immer recht mild und leutselig war, deswegen besuchte ihn auch sein Großwesir Mansor alle Tage um diese Zeit. An diesem Nachmittage nun kam er auch, sah aber sehr nachdenklich aus, ganz gegen seine Gewohnheit. Der Kalif tat die Pfeife ein wenig aus dem Mund und sprach: "Warum machst du ein so nachdenkliches Gesicht, Großwesir? "

Der Großwesir schlug seine Arme kreuzweis über die Brust, verneigte sich vor seinem Herrn und antwortete: "Herr, ob ich ein nachdenkliches Gesicht mache, weiß ich nicht, aber da drunten am Schloß steht ein Krämer, der hat so schöne Sachen, daß es mich ärgert, nicht viel überflüssiges Geld zu haben. "

Der Kalif, der seinem Großwesir schon lange gerne eine Freude gemacht hätte, schickte seinen schwarzen Sklaven hinunter, um den Krämer heraufzuholen. Bald kam der Sklave mit dem Krämer zurück. Dieser war ein kleiner, dicker Mann, schwarzbraun im Gesicht und in zerlumptem Anzug. Er trug einen Kasten, in welchem er allerhand Waren hatte, Perlen und Ringe, reichbeschlagene Pistolen, Becher und Kämme. Der Kalif und sein Wesir musterten alles durch, und der Kalif kaufte endlich für sich und Mansor schöne Pistolen, für die Frau des Wesirs aber einen Kamm. Als der Krämer seinen Kasten schon wieder zumachen wollte, sah der Kalif eine kleine Schublade und fragte, ob da auch noch Waren seien. Der Krämer zog die Schublade heraus und zeigte darin eine Dose mit schwärzlichem Pulver und ein Papier mit sonderbarer Schrift, die weder der Kalif noch Mansor lesen konnte.

"Ich bekam einmal diese zwei Stücke von einem Kaufmanne, der sie in Mekka auf der Straße fand", sagte der Krämer, "Ich weiß nicht, was sie enthalten; euch stehen sie um geringen Preis zu Dienst, ich kann doch nichts damit anfangen."

Der Kalif, der in seiner Bibliothek gerne alte Manuskripte hatte, wenn er sie auch nicht lesen konnte, kaufte Schrift und Dose und entließ den Krämer. Der Kalif aber dachte, er möchte gerne wissen, was die Schrift enthalte, und, fragte den Wesir, ob er keinen kenne, der es entziffern könnte.

"Gnädigster Herr und Gebieter", antwortete dieser, "an der großen Moschee wohnt ein Mann, er heißt Selim, der Gelehrte, der versteht alle Sprachen, laß ihn kommen, vielleicht kennt er diese geheimnisvollen Züge."

Der Gelehrte Selim war bald herbeigeholt. "Selim", sprach zu ihm der Kalif, "Selim, man sagt, du seiest sehr gelehrt; guck einmal ein wenig in diese Schrift, ob du sie lesen kannst; kannst du sie lesen, so bekommst du ein neues Festkleid von mir, kannst du es nicht, so bekommst du zwölf Backenstreiche und fünfundzwanzig auf die Fußsohlen, weil man dich dann umsonst Selim, den Gelehrten, nennt."

Selim verneigte sich und sprach: "Dein Wille geschehe, o Herr!" Lange betrachtete er die Schrift, plötzlich aber rief er aus: "Das ist Lateinisch, o Herr, oder ich laß mich hängen." "Sag, was drinsteht", befahl der Kalif, "wenn es Lateinisch ist."

Selim fing an zu übersetzen: "Mensch, der du dieses findest, preise Allah für seine Gnade. Wer von dem Pulver in dieser Dose schnupft und dazu spricht: mutabor, der kann sich in jedes Tier verwandeln und versteht auch die Sprache der Tiere.

Will er wieder in seine menschliche Gestalt zurückkehren, so neige er sich dreimal gen Osten und spreche jenes Wort; aber hüte dich, wenn du verwandelt bist, daß du nicht lachest, sonst verschwindet das Zauberwort gänzlich aus deinem Gedächtnis, und du bleibst ein Tier."

Als Selim, der Gelehrte, also gelesen hatte, war der Kalif über die Maßen vergnügt. Er ließ den Gelehrten schwören, niemandem etwas von dem Geheimnis zu sagen, schenkte ihm ein schönes Kleid und entließ ihn. Zu seinem Großwesir aber sagte er: "Das heiß' ich gut einkaufen, Mansor! Wie freue ich mich, bis ich ein Tier bin. Morgen früh kommst du zu mir; wir gehen dann miteinander aufs Feld, schnupfen etwas Weniges aus meiner Dose und belauschen dann, was in der Luft und im Wasser, im Wald und Feld gesprochen wird!"

Kaum hatte am anderen Morgen der Kalif Chasid gefrühstückt und sich angekleidet, als schon der Großwesir erschien, ihn, wie er befohlen, auf dem Spaziergang zu begleiten. Der Kalif steckte die Dose mit dem Zauberpulver in den Gürtel, und nachdem er seinem Gefolge befohlen, zurückzubleiben, machte er sich mit dem Großwesir ganz allein auf den Weg. Sie gingen zuerst durch die weiten Gärten des Kalifen, spähten aber vergebens nach etwas Lebendigem, um ihr Kunststück zu probieren. Der Wesir schlug endlich vor, weiter hinaus an einen Teich zu gehen, wo er schon oft viele Tiere, namentlich Störche, gesehen habe, die durch ihr gravitätisches Wesen und ihr Geklapper immer seine Aufmerksamkeit erregt hatten.

Der Kalif billigte den Vorschlag seines Wesirs und ging mit ihm dem Teich zu. Als sie dort angekommen waren, sahen sie einen Storch ernsthaft auf und ab gehen, Frösche suchend und hier und da etwas vor sich hinklappernd. Zugleich sahen sie auch weit oben in der Luft einen anderen Storch dieser Gegend zuschweben.

"Ich wette meinen Bart, gnädigster Herr", sagte er Großwesir, "wenn nicht diese zwei Langfüßler ein schönes Gespräch miteinander führen werden. Wie wäre es, wenn wir Störche würden?"

"Wohl gesprochen!" antwortete der Kalif. "Aber vorher wollen wir noch einmal betrachten, wie man wieder Mensch wird. —Richtig!

Märchen-Almanach auf das Jahr 1826

Dreimal gen Osten geneigt und mutabor gesagt, so bin ich wieder Kalif und du Wesir. Aber nur um Himmels willen nicht gelacht, sonst sind wir verloren! "

Während der Kalif also sprach, sah er den anderen Storch über ihrem Haupte schweben und langsam sich zur Erde lassen. Schnell zog er die Dose aus dem Gürtel, nahm eine gute Prise, bot sie dem Großwesir dar, der gleichfalls schnupfte, und beide riefen: mutabor!

Da schrumpften ihre Beine ein und wurden dünn und rot, die schönen gelben Pantoffeln des Kalifen und seines Begleiters wurden unförmliche Storchfüße, die Arme wurden zu Flügeln, der Hals fuhr aus den Achseln und ward eine Elle lang, der Bart war verschwunden, und den Körper bedeckten weiche Federn.

"Ihr habt einen hübschen Schnabel, Herr Großwesir", sprach nach langem Erstaunen der Kalif. "Beim Bart des Propheten, so etwas habe ich in meinem Leben nicht gesehen. " "Danke untertänigst", erwiderte der Großwesir, indem er sich bückte, "aber wenn ich es wagen darf, möchte ich behaupten, Eure Hoheit sehen als Storch beinahe noch hübscher aus denn als Kalif. Aber kommt, wenn es Euch gefällig ist, daß wir unsere Kameraden dort belauschen und erfahren, ob wir wirklich Storchisch können. "

Indem war der andere Storch auf der Erde angekommen; er putzte sich mit dem Schnabel seine Füße, legte seine Federn zurecht und ging auf den ersten Storch zu. Die beiden neuen Störche aber beeilten sich, in ihre Nähe zu kommen, und vernahmen zu ihrem Erstaunen folgendes Gespräch:

"Guten Morgen, Frau Langbein, so früh schon auf der Wiese? "

"Schönen Dank, liebe Klapperschnabel! Ich habe mir nur ein kleines Frühstück geholt. Ist Euch vielleicht ein Viertelchen Eidechs gefällig oder ein Froschschenkelein? "

"Danke gehorsamst; habe heute gar keinen Appetit. Ich komme auch wegen etwas ganz anderem auf die Wiese. Ich soll heute vor den

Gästen meines Vaters tanzen, und da will ich mich im stillen ein wenig üben."

Zugleich schritt die junge Störchin in wunderlichen Bewegungen durch das Feld. Der Kalif und Mansor sahen ihr verwundert nach; als sie aber in malerischer Stellung auf einem Fuß stand und mit den Flügeln anmutig dazu wedelte, da konnten sich die beiden nicht mehr halten; ein unaufhaltsames Gelächter brach aus ihren Schnäbeln hervor, von dem sie sich erst nach langer Zeit erholten. Der Kalif faßte sich zuerst wieder: "Das war einmal ein Spaß", rief er, "der nicht mit Gold zu bezahlen ist; schade, daß die Tiere durch unser Gelächter sich haben verscheuchen lassen, sonst hätten sie gewiß auch noch gesungen!"

Aber jetzt fiel es dem Großwesir ein, daß das Lachen während der Verwandlung verboten war. Er teilte seine Angst deswegen dem Kalifen mit. "Potz Mekka und Medina! Das wäre ein schlechter Spaß, wenn ich ein Storch bleiben müßte! Besinne dich doch auf das dumme Wort, ich bring' es nicht heraus."

"Dreimal gen Osten müssen wir uns bücken und dazu sprechen: mu—mu—mu—"

Sie stellten sich gegen Osten und bückten sich in einem fort, daß ihre Schnäbel beinahe die Erde berührten; aber, o Jammer! Das Zauberwort war ihnen entfallen, und so oft sich auch der Kalif bückte, so sehnlich auch sein Wesir mu—mu dazu rief, jede Erinnerung daran war verschwunden, und der arme Chasid und sein Wesir waren und blieben Störche.

Traurig wandelten die Verzauberten durch die Felder, sie wußten gar nicht, was sie in ihrem Elend anfangen sollten. Aus ihrer Storchenhaut konnten sie nicht heraus, in die Stadt zurück konnten sie auch nicht, um sich zu erkennen zu geben; denn wer hätte einem Storch geglaubt, daß er der Kalif sei, und wenn man es auch geglaubt hätte, würden die Einwohner von Bagdad einen Storch zum Kalif gewollt haben?

So schlichen sie mehrere Tage umher und ernährten sich kümmerlich von Feldfrüchten, die sie aber wegen ihrer langen Schnäbel nicht gut verspeisen konnten. Auf Eidechsen und Frösche hatten sie übrigens keinen Appetit, denn sie befürchteten, mit solchen Leckerbissen sich den Magen zu verderben. Ihr einziges Vergnügen in dieser traurigen Lage war, daß sie fliegen konnten, und so flogen sie oft auf die Dächer von Bagdad, um zu sehen, was darin vorging.

In den ersten Tagen bemerkten sie große Unruhe und Trauer in den Straßen; aber ungefähr am vierten Tag nach ihrer Verzauberung saßen sie auf dem Palast des Kalifen, da sahen sie unten in der Straße einen prächtigen Aufzug; Trommeln und Pfeifen ertönten, ein Mann in einem goldbestickten Scharlachmantel saß auf einem geschmückten Pferd, umgeben von glänzenden Dienern, halb Bagdad sprang ihm nach, und alle schrien: "Heil Mizra, dem Herrscher von Bagdad! "

Da sahen die beiden Störche auf dem Dache des Palastes einander an, und der Kalif Chasid sprach: "Ahnst du jetzt, warum ich verzaubert bin, Großwesir? Dieser Mizra ist der Sohn meines Todfeindes, des mächtigen Zauberers Kaschnur, der mir in einer bösen Stunde Rache schwur. Aber noch gebe ich die Hoffnung nicht auf—Komm mit mir, du treuer Gefährte meines Elends, wir wollen zum Grabe des Propheten wandern, vielleicht, daß an heiliger Stätte der Zauber gelöst wird. "

Sie erhoben sich vom Dach des Palastes und flogen der Gegend von Medina zu.

Mit dem Fliegen wollte es aber nicht gar gut gehen; denn die beiden Störche hatten noch wenig Übung. "O Herr", ächzte nach ein paar Stunden der Großwesir, "ich halte es mit Eurer Erlaubnis nicht mehr lange aus; Ihr fliegt gar zu schnell! Auch ist es schon Abend, und wir täten wohl, ein Unterkommen für die Nacht zu suchen. "

Chasid gab der Bitte seines Dieners Gehör; und da er unten im Tale eine Ruine erblickte, die ein Obdach zu gewähren schien, so flogen sie dahin. Der Ort, wo sie sich für diese Nacht niedergelassen hatten, schien ehemals ein Schloß gewesen zu sein. Schöne Säulen ragten unter den Trümmern hervor, mehrere Gemächer, die noch ziemlich erhalten waren, zeugten von der ehemaligen Pracht des Hauses. Chasid und sein Begleiter gingen durch die Gänge umher, um sich ein trockenes Plätzchen zu suchen; plötzlich blieb der Storch Mansor stehen. "Herr und Gebieter", flüsterte er leise, "wenn es nur nicht töricht für einen Großwesir, noch mehr aber für einen Storch wäre, sich vor Gespenstern zu fürchten! Mir ist ganz unheimlich zumute; denn hier neben hat es ganz vernehmlich geseufzt und gestöhnt. " Der Kalif blieb nun auch stehen und hörte ganz deutlich ein leises Weinen, das eher einem Menschen als einem Tiere anzugehören schien. Voll Erwartung wollte er der Gegend zugehen, woher die Klagetöne kamen; der Wesir aber packte ihn mit dem Schnabel am Flügel und bat ihn flehentlich, sich nicht in neue, unbekannte Gefahren zu stürzen. Doch vergebens! Der Kalif, dem auch unter dem Storchenflügel ein tapferes Herz schlug, riß sich mit Verlust einiger Federn los und eilte in einen finsteren Gang. Bald war er an einer Tür angelangt, die nur angelehnt schien und woraus er deutliche Seufzer mit ein wenig Geheul vernahm. Er stieß mit dem Schnabel die Türe auf, blieb aber überrascht auf der Schwelle stehen. In dem verfallenen Gemach, das nur durch ein kleines Gitterfenster spärlich erleuchtet war, sah er eine große Nachteule am Boden sitzen. Dicke Tränen rollten ihr aus den großen, runden Augen, und mit heiserer Stimme stieß sie ihre Klagen zu dem krummen Schnabel heraus. Als sie aber den Kalifen und seinen Wesir, der indes auch herbeigeschlichen war, erblickte, erhob sie ein lautes Freudengeschrei. Zierlich wischte sie mit dem braungefleckten Flügel die Tränen aus dem Auge, und zu dem größten Erstaunen der beiden rief sie in gutem menschlichem Arabisch: "Willkommen, ihr Störche! Ihr seid mir ein gutes Zeichen meiner Errettung; denn durch Störche werde mir ein großes Glück kommen, ist mir einst prophezeit worden! "

Als sich der Kalif von seinem Erstaunen erholt hatte, bückte er sich mit seinem langen Hals, brachte seine dünnen Füße in eine zierliche Stellung und sprach: "Nachteule! Deinen Worten nach darf ich glauben, eine Leidensgefährtin in dir zu sehen. Aber ach! Deine

Hoffnung, daß durch uns deine Rettung kommen werde, ist vergeblich. Du wirst unsere Hilflosigkeit selbst erkennen, wenn du unsere Geschichte hörst. " Die Nachteule bat ihn zu erzählen, was der Kalif sogleich tat.

Als der Kalif der Eule seine Geschichte vorgetragen hatte, dankte sie ihm und sagte: "Vernimm auch meine Geschichte und höre, wie ich nicht weniger unglücklich bin als du. Mein Vater ist der König von Indien, ich, seine einzige unglückliche Tochter, heiße Lusa. Jener Zauberer Kaschnur, der euch verzauberte, hat auch mich ins Unglück gestürzt. Er kam eines Tages zu meinem Vater und begehrte mich zur Frau für seinen Sohn Mizra. Mein Vater aber, der ein hitziger Mann ist, ließ ihn die Treppe hinunterwerfen. Der Elende wußte sich unter einer anderen Gestalt wieder in meine Nähe zu schleichen, und als ich einst in meinem Garten Erfrischungen zu mir nehmen wollte, brachte er mir, als Sklave verkleidet, einen Trank bei, der mich in diese abscheuliche Gestalt verwandelte. Vor Schrecken ohnmächtig, brachte er mich hierher und rief mir mit schrecklicher Stimme in die Ohren:

'Da sollst du bleiben, häßlich, selbst von den Tieren verachtet, bis an dein Ende, oder bis einer aus freiem Willen dich, selbst in dieser schrecklichen Gestalt, zur Gattin begehrt. So räche ich mich an dir und deinem stolzen Vater.'

Seitdem sind viele Monate verflossen. Einsam und traurig lebe ich als Einsiedlerin in diesem Gemäuer, verabscheut von der Welt, selbst den Tieren ein Greuel; die schöne Natur ist vor mir verschlossen; denn ich bin blind am Tage, und nur, wenn der Mond sein bleiches Licht über dies Gemäuer ausgießt, fällt der verhüllende Schleier von meinem Auge. "

Die Eule hatte geendet und wischte sich mit dem Flügel wieder die Augen aus, denn die Erzählung ihrer Leiden hatte ihr Tränen entlockt.

Der Kalif war bei der Erzählung der Prinzessin in tiefes Nachdenken versunken. "Wenn mich nicht alles täuscht", sprach er, "so findet zwischen unserem Unglück ein geheimer Zusammenhang statt; aber wo finde ich den Schlüssel zu diesem Rätsel? "

Die Eule antwortete ihm: "O Herr! Auch mir ahnet dies; denn es ist mir einst in meiner frühesten Jugend von einer weisen Frau prophezeit worden, daß ein Storch mir ein großes Glück bringen werde, und ich wüßte vielleicht, wie wir uns retten könnten. " Der Kalif war sehr erstaunt und fragte, auf welchem Wege sie meine. "Der Zauberer, der uns beide unglücklich gemacht hat", sagte sie, "kommt alle Monate einmal in diese Ruinen. Nicht weit von diesem Gemach ist ein Saal. Dort pflegt er dann mit vielen Genossen zu schmausen. Schon oft habe ich sie dort belauscht. Sie erzählen dann einander ihre schändlichen Werke; vielleicht, daß er dann das Zauberwort, das ihr vergessen habt, ausspricht. "

"O, teuerste Prinzessin", rief der Kalif, "sag an, wann kommt er, und wo ist der Saal? "

Die Eule schwieg einen Augenblick und sprach dann: "Nehmet es nicht ungütig, aber nur unter einer Bedingung kann ich Euern Wunsch erfüllen. "

"Sprich aus! Sprich aus! " schrie Chasid. "Befiehl, es ist mir jede recht. "

"Nämlich, ich möchte auch gern zugleich frei sein; dies kann aber nur geschehen, wenn einer von euch mir seine Hand reicht. "

Die Störche schienen über den Antrag etwas betroffen zu sein, und der Kalif winkte seinem Diener, ein wenig mit ihm hinauszugehen.

"Großwesir", sprach vor der Türe der Kalif, "das ist ein dummer Handel; aber Ihr könntet sie schon nehmen. "

"So", antwortete dieser, "daß mir meine Frau, wenn ich nach Hause komme, die Augen auskratzt? Auch bin ich ein alter Mann, und Ihr seid noch jung und unverheiratet und könnet eher einer jungen, schönen Prinzessin die Hand geben. "

"Das ist es eben", seufzte der Kalif, indem er traurig die Flügel hängen ließ, "wer sagt dir denn, daß sie jung und schön ist? Das heißt eine Katze im Sack kaufen!"

Sie redeten einander gegenseitig noch lange zu; endlich aber, als der Kalif sah, daß sein Wesir lieber Storch bleiben als die Eule heiraten wollte, entschloß er sich, die Bedingung lieber selbst zu erfüllen. Die Eule war hocherfreut. Sie gestand ihnen, daß sie zu keiner besseren Zeit hätten kommen können, weil wahrscheinlich in dieser Nacht die Zauberer sich versammeln würden.

Sie verließ mit den Störchen das Gemach, um sie in jenen Saal zu führen; sie gingen lange in einem finsteren Gang hin; endlich strahlte ihnen aus einer halbverfallenen Mauer ein heller Schein entgegen. Als sie dort angelangt waren, riet ihnen die Eule, sich ganz ruhig zu verhalten. Sie konnten von der Lücke, an welcher sie standen, einen großen Saal übersehen. Er war ringsum mit Säulen geschmückt und prachtvoll verziert. Viele farbige Lampen ersetzten das Licht des Tages. In der Mitte des Saales stand ein runder Tisch, mit vielen und ausgesuchten Speisen besetzt. Rings um den Tisch zog sich ein Sofa, auf welchem acht Männer saßen. In einem dieser Männer erkannten die Störche jenen Krämer wieder, der ihnen das Zauberpulver verkauft hatte. Sein Nebensitzer forderte ihn auf, ihnen seine neuesten Taten zu erzählen. Er erzählte unter anderen auch die Geschichte des Kalifen und seines Wesirs.

"Was für ein Wort hast du ihnen denn aufgegeben?" fragte ihn ein anderer Zauberer. "Ein recht schweres lateinisches, es heißt mutabor."

Als die Störche an der Mauerlücke dieses hörten, kamen sie vor Freuden beinahe außer sich. Sie liefen auf ihren langen Füßen so schnell dem Tore der Ruine zu, daß die Eule kaum folgen konnte. Dort sprach der Kalif gerührt zu der Eule: "Retterin meines Lebens und des Lebens meines Freundes, nimm zum ewigen Dank für das, was du an uns getan, mich zum Gemahl an!" Dann aber wandte er sich nach Osten. Dreimal bückten die Störche ihre langen Hälse der Sonne entgegen, die soeben hinter dem Gebirge heraufstieg:

"Mutabor!" riefen sie, im Nu waren sie verwandelt, und in der hohen Freude des neugeschenkten Lebens lagen Herr und Diener lachend und weinend einander in den Armen.

Wer beschreibt aber ihr Erstaunen, als sie sich umsahen? Eine schöne Dame, herrlich geschmückt, stand vor ihnen. Lächelnd gab sie dem Kalifen die Hand. "Erkennt Ihr Eure Nachteule nicht mehr?" sagte sie. Sie war es; der Kalif war von ihrer Schönheit und Anmut entzückt.

Die drei zogen nun miteinander auf Bagdad zu. Der Kalif fand in seinen Kleidern nicht nur die Dose mit Zauberpulver, sondern auch seinen Geldbeutel. Er kaufte daher im nächsten Dorfe, was zu ihrer Reise nötig war, und so kamen sie bald an die Tore von Bagdad. Dort aber erregte die Ankunft des Kalifen großes Erstaunen. Man hatte ihn für tot ausgegeben, und das Volk war daher hocherfreut, seinen geliebten Herrscher wiederzuhaben.

Um so mehr aber entbrannte ihr Haß gegen den Betrüger Mizra. Sie zogen in den Palast und nahmen den alten Zauberer und seinen Sohn gefangen. Den Alten schickte der Kalif in dasselbe Gemach der Ruine, das die Prinzessin als Eule bewohnt hatte, und ließ ihn dort aufhängen. Dem Sohn aber, welcher nichts von den Künsten des Vaters verstand, ließ der Kalif die Wahl, ob er sterben oder schnupfen wolle. Als er das letztere wählte, bot ihm der Großwesir die Dose. Eine tüchtige Prise, und das Zauberwort des Kalifen verwandelte ihn in einen Storch. Der Kalif ließ ihn in einen eisernen Käfig sperren und in seinem Garten aufstellen.

Lange und vergnügt lebte Kalif Chasid mit seiner Frau, der Prinzessin; seine vergnügtesten Stunden waren immer die, wenn ihn der Großwesir nachmittags besuchte; da sprachen sie dann oft von ihrem Storchabenteuer, und wenn der Kalif recht heiter war, ließ er sich herab, den Großwesir nachzuahmen, wie er als Storch aussah. Er stieg dann ernsthaft, mit steifen Füßen im Zimmer auf und ab, klapperte, wedelte mit den Armen wie mit Flügeln und zeigte, wie jener sich vergeblich nach Osten geneigt und Mu—Mu—dazu gerufen habe. Für die Frau Kalifin und ihre Kinder war diese

Vorstellung allemal eine große Freude; wenn aber der Kalif gar zu lange klapperte und nickte und Mu—Mu—schrie, dann drohte ihm lächelnd der Wesir: Er wolle das, was vor der Türe der Prinzessin Nachteule verhandelt worden sei, der Frau Kalifin mitteilen.

Als Selim Baruch seine Geschichte beendet hatte, bezeugten sich die Kaufleute sehr zufrieden damit. "Wahrhaftig, der Nachmittag ist uns vergangen, ohne daß wir merkten wie! " sagte einer derselben, indem er die Decke des Zeltes zurückschlug. "Der Abendwind wehet kühl, und wir könnten noch eine gute Strecke Weges zurücklegen. " Seine Gefährten waren damit einverstanden, die Zelte wurden abgebrochen, und die Karawane machte sich in der nämlichen Ordnung, in welcher sie herangezogen war, auf den Weg.

Sie ritten beinahe die ganze Nacht hindurch, denn es war schwül am Tage, die Nacht aber war erquicklich und sternhell. Sie kamen endlich an einem bequemen Lagerplatz an, schlugen die Zelte auf und legten sich zur Ruhe. Für den Fremden aber sorgten die Kaufleute, wie wenn er ihr wertester Gastfreund wäre. Der eine gab ihm Polster, der andere Decken, ein dritter gab ihm Sklaven, kurz, er wurde so gut bedient, als ob er zu Hause wäre. Die heißeren Stunden des Tages waren schon heraufgekommen, als sie sich wieder erhoben, und sie beschlossen einmütig, hier den Abend abzuwarten. Nachdem sie miteinander gespeist hatten, rückten sie wieder näher zusammen, und der junge Kaufmann wandte sich an den ältesten und sprach: "Selim Baruch hat uns gestern einen vergnügten Nachmittag bereitet, wie wäre es, Achmet, wenn Ihr uns auch etwas erzählet, sei es nun aus Eurem langen Leben, das wohl viele Abenteuer aufzuweisen hat, oder sei es auch ein hübsches Märchen. " Achmet schwieg auf diese Anrede eine Zeitlang, wie wenn er bei sich im Zweifel wäre, ob er dies oder jenes sagen sollte oder nicht; endlich fing er an zu sprechen:

"Liebe Freunde! Ihr habt euch auf dieser unserer Reise als treue Gesellen erprobt, und auch Selim verdient mein Vertrauen; daher will ich euch etwas aus meinem Leben mitteilen, das ich sonst ungern und nicht jedem erzähle: die Geschichte von dem Gespensterschiff. "

Märchen-Almanach auf das Jahr 1826

Die Geschichte von dem Gespensterschiff

Mein Vater hatte einen kleinen Laden in Balsora; er war weder arm noch reich und einer von jenen Leuten, die nicht gerne etwas wagen, aus Furcht, das Wenige zu verlieren, das sie haben. Er erzog mich schlicht und recht und brachte es bald so weit, daß ich ihm an die Hand gehen konnte. Gerade als ich achtzehn Jahre alt war, als er die erste größere Spekulation machte, starb er, wahrscheinlich aus Gram, tausend Goldstücke dem Meere anvertraut zu haben. Ich mußte ihn bald nachher wegen seines Todes glücklich preisen, denn wenige Wochen hernach lief die Nachricht ein, daß das Schiff, dem mein Vater seine Güter mitgegeben hatte, versunken sei. Meinen jugendlichen Mut konnte aber dieser Unfall nicht beugen. Ich machte alles vollends zu Geld, was mein Vater hinterlassen hatte, und zog aus, um in der Fremde mein Glück zu probieren, nur von einem alten Diener meines Vaters begleitet.

Im Hafen von Balsora schifften wir uns mit günstigem Winde ein. Das Schiff, auf dem ich mich eingemietet hatte, war nach Indien bestimmt. Wir waren schon fünfzehn Tage auf der gewöhnlichen Straße gefahren, als uns der Kapitän einen Sturm verkündete. Er machte ein bedenkliches Gesicht, denn es schien, er kenne in dieser Gegend das Fahrwasser nicht genug, um einem Sturm mit Ruhe beggnen zu können. Er ließ alle Segel einziehen, und wir trieben ganz langsam hin. Die Nacht war angebrochen, war hell und kalt, und der Kapitän glaubte schon, sich in den Anzeichen des Sturmes getäuscht zu haben. Auf einmal schwebte ein Schiff, das wir vorher nicht gesehen hatten, dicht an dem unsrigen vorbei. Wildes Jauchzen und Geschrei erscholl aus dem Verdeck herüber, worüber ich mich zu dieser angstvollen Stunde vor einem Sturm nicht wenig wunderte. Aber der Kapitän an meiner Seite wurde blaß wie der Tod. "Mein Schiff ist verloren", rief er, "dort segelt der Tod! "

Ehe ich ihn noch über diesen sonderbaren Ausruf befragen konnte, stürzten schon heulend und schreiend die Matrosen herein. "Habt ihr ihn gesehen? " schrien sie. "Jetzt ist's mit uns vorbei! "

Der Kapitän aber ließ Trostsprüche aus dem Koran vorlesen und setzte sich selbst ans Steuerruder. Aber vergebens! Zusehends brauste der Sturm auf, und ehe eine Stunde verging, krachte das Schiff und blieb sitzen. Die Boote wurden ausgesetzt, und kaum hatten sich die letzten Matrosen gerettet, so versank das Schiff vor unseren Augen, und als ein Bettler fuhr ich in die See hinaus. Aber der Jammer hatte noch kein Ende. Fürchterlicher tobte der Sturm; das Boot war nicht mehr zu regieren. Ich hatte meinen alten Diener fest umschlungen, und wir versprachen uns, nie voneinander zu weichen. Endlich brach der Tag an. Aber mit dem ersten Anblick der Morgenröte faßte der Wind das Boot, in welchem wir saßen, und stürzte es um. Ich habe keinen meiner Schiffsleute mehr gesehen. Der Sturz hatte mich betäubt; und als ich aufwachte, befand ich mich in den Armen meines alten treuen Dieners, der sich auf das umgeschlagene Boot gerettet und mich nachgezogen hatte. Der Sturm hatte sich gelegt. Von unserem Schiff war nichts mehr zu sehen, wohl aber entdeckten wir nicht weit von uns ein anderes Schiff, auf das die Wellen uns hintrieben. Als wir näher hinzukamen, erkannte ich das Schiff als dasselbe, das in der Nacht an uns vorbeifuhr und welches den Kapitän so sehr in Schrecken gesetzt hatte. Ich empfand ein sonderbares Grauen vor diesem Schiffe. Die Äußerung des Kapitäns, die sich so furchtbar bestätigt hatte, das öde Aussehen des Schiffes, auf dem sich, so nahe wir auch herankamen, so laut wir schrien, niemand zeigte, erschreckten mich. Doch es war unser einziges Rettungsmittel; darum priesen wir den Propheten, der uns so wundervoll erhalten hatte.

Am Vorderteil des Schiffes hing ein langes Tau herab. Mit Händen und Füßen ruderten wir darauf zu, um es zu erfassen. Endlich glückte es. Noch einmal erhob ich meine Stimme, aber immer blieb es still auf dem Schiff. Da klimmten wir an dem Tau hinauf, ich als der Jüngste voran. Aber Entsetzen! Welches Schauspiel stellte sich meinem Auge dar, als ich das Verdeck betrat! Der Boden war mit Blut gerötet, zwanzig bis dreißig Leichname in türkischen Kleidern lagen auf dem Boden, am mittleren Mastbaum stand ein Mann, reich gekleidet, den Säbel in der Hand, aber das Gesicht war blaß und verzerrt, durch die Stirn ging ein großer Nagel, der ihn an den Mastbaum heftete, auch er war tot. Schrecken fesselte meine Schritte, ich wagte kaum zu atmen. Endlich war auch mein Begleiter heraufgekommen. Auch ihn überraschte der Anblick des Verdecks, das gar nichts Lebendiges, sondern nur so viele schreckliche Tote zeigte. Wir wagten es endlich, nachdem wir in der Seelenangst zum Propheten gefleht hatten, weiter vorzuschreiten. Bei jedem Schritte sahen wir uns um, ob nicht etwas Neues, noch Schrecklicheres sich darbiete; aber alles blieb, wie es war; weit und breit nichts Lebendiges als wir und das Weltmeer. Nicht einmal laut zu sprechen wagten wir, aus Furcht, der tote, am Mast angespießte Kapitano möchte seine starren Augen nach uns hindrehen oder einer der Getöteten möchte seinen Kopf umwenden. Endlich waren wir bis an eine Treppe gekomen, die in den Schiffsraum führte. Unwillkürlich machten wir dort halt und sahen einander an, denn keiner wagte es recht, seine Gedanken zu äußern.

"O Herr", sprach mein treuer Diener, "hier ist etwas Schreckliches geschehen. Doch wenn auch das Schiff da unten voll Mörder steckt, so will ich mich ihnen doch lieber auf Gnade und Ungnade ergeben, als längere Zeit unter diesen Toten zubringen." Ich dachte wie er; wir faßten uns ein Herz und stiegen voll Erwartung hinunter. Totenstille war aber auch hier, und nur unsere Schritte hallten auf der Treppe. Wir standen an der Türe der Kajüte. Ich legte mein Ohr an die Türe und lauschte; es war nichts zu hören. Ich machte auf. Das Gemach bot einen unordentlichen Anblick dar. Kleider, Waffen und andere Geräte lagen untereinander. Nichts in Ordnung. Die Mannschaft oder wenigstens der Kapitano mußten vor kurzem gezecht haben; denn es lag alles noch umher. Wir gingen weiter von Raum zu Raum, von Gemach zu Gemach, überall fanden wir herrliche Vorräte in Seide, Perlen, Zucker usw. Ich war vor Freude über diesen Anblick außer mir, denn da niemand auf dem Schiff war, glaubte ich, alles mir zueignen zu dürfen, Ibrahim aber machte mich aufmerksam darauf, daß wir wahrscheinlich noch sehr weit vom Lande seien, wohin wir allein und ohne menschliche Hilfe nicht kommen könnten.

Wir labten uns an den Speisen und Getränken, die wir in reichem Maß vorfanden, und stiegen endlich wieder aufs Verdeck. Aber hier schauderte uns immer die Haut ob dem schrecklichen Anblick der

Leichen. Wir beschlossen, uns davon zu befreien und sie über Bord zu werfen; aber wie schauerlich ward uns zumut, als wir fanden, daß sich keiner aus seiner Lage bewegen ließ. Wie festgebannt lagen sie am Boden, und man hätte den Boden des Verdecks ausheben müssen, um sie zu entfernen, und dazu gebrach es uns an Werkzeugen. Auch der Kapitano ließ sich nicht von seinem Mast losmachen; nicht einmal seinen Säbel konnten wir der starren Hand entwinden. Wir brachten den Tag in trauriger Betrachtung unserer Lage zu, und als es Nacht zu werden anfing, erlaubte ich dem alten Ibrahim, sich schlafen zu legen, ich selbst aber wollte auf dem Verdeck wachen, um nach Rettung auszuspähen. Als aber der Mond heraufkam und ich nach den Gestirnen berechnete, daß es wohl um die elfte Stunde sei, überfiel mich ein so unwiderstehlicher Schlaf, daß ich unwillkürlich hinter ein Faß, das auf dem Verdeck stand, zurückfiel. Doch war es mehr Betäubung als Schlaf, denn ich hörte deutlich die See an der Seite des Schiffes anschlagen und die Segel vom Winde knarren und pfeifen. Auf einmal glaubte ich Stimmen und Männertritte auf dem Verdeck zu hören. Ich wollte mich aufrichten, um danach zu schauen. Aber eine unsichtbare Gewalt hielt meine Glieder gefesselt; nicht einmal die Augen konnte ich aufschlagen. Aber immer deutlicher wurden die Stimmen, es war mir, als wenn ein fröhliches Schiffsvolk auf dem Verdeck sich umhertriebe; mitunter glaubte ich, die kräftige Stimme eines Befehlenden zu hören, auch hörte ich Taue und Segel deutlich auf- und abziehen. Nach und nach aber schwanden mir die Sinne, ich verfiel in einen tieferen Schlaf, in dem ich nur noch ein Geräusch von Waffen zu hören glaubte, und erwachte erst, als die Sonne schon hoch stand und mir aufs Gesicht brannte. Verwundert schaute ich mich um, Sturm, Schiff, die Toten und was ich in dieser Nacht gehört hatte, kam mir wie ein Traum vor, aber als ich aufblickte, fand ich alles wie gestern. Unbeweglich lagen die Toten, unbeweglich war der Kapitano an den Mastbaum geheftet. Ich lachte über meinen Traum und stand auf, um meinen Alten zu suchen.

Dieser saß ganz nachdenklich in der Kajüte. "O Herr!" rief er aus, als ich zu ihm hineintrat, "ich wollte lieber im tiefsten Grund des Meeres liegen, als in diesem verhexten Schiff noch eine Nacht zubringen." Ich fragte ihn nach der Ursache seines Kummers, und er antwortete mir: "Als ich einige Stunden geschlafen hatte, wachte ich auf und vernahm, wie man über meinem Haupt hin und her lief. Ich dachte zuerst, Ihr wäret es, aber es waren wenigstens zwanzig, die oben umherliefen; auch hörte ich rufen und schreien. Endlich kamen schwere Tritte die Treppe herab. Da wußte ich nichts mehr von mir, nur hie und da kehrte auf einige Augenblicke meine Besinnung zurück, und da sah ich dann denselben Mann, der oben am Mast angenagelt ist, an jenem Tisch dort sitzen, singend und trinkend; aber der, der in einem roten Scharlachkleid nicht weit von ihm am Boden liegt, saß neben ihm und half ihm trinken." Also erzählte mir mein alter Diener.

Ihr könnt mir es glauben, meine Freunde, daß mir gar nicht wohl zumute war; denn es war keine Täuschung, ich hatte ja auch die Toten gar wohl gehört. In solcher Gesellschaft zu schiffen, war mir greulich. Mein Ibrahim aber versank wieder in tiefes Nachdenken. "Jetzt hab' ich's!" rief er endlich aus; es fiel ihm nämlich ein Sprüchlein ein, das ihn sein Großvater, ein erfahrener, weitgereister Mann, gelehrt hatte und das gegen jeden Geister- und Zauberspuk helfen sollte; auch behauptete er, jenen unnatürlichen Schlaf, der uns befiel, in der nächsten Nacht verhindern zu können, wenn wir nämlich recht eifrig Sprüche aus dem Koran beteten. Der Vorschlag des alten Mannes gefiel mir wohl. In banger Erwartung sahen wir die Nacht herankommen. Neben der Kajüte war ein kleines Kämmerchen, dorthin beschlossen wir uns zurückzuziehen. Wir bohrten mehrere Löcher in die Türe, hinlänglich groß, um durch sie die ganze Kajüte zu überschauen, dann verschlossen wir die Türe, so gut es ging, von innen, und Ibrahim schrieb den Namen des Propheten in alle vier Ecken. So erwarteten wir die Schrecken der Nacht. Es mochte wieder ungefähr elf Uhr sein, als es mich gewaltig zu schläfern anfing. Mein Gefährte riet mir daher, einige Sprüche des Korans zu beten, was mir auch half. Mit einem Male schien es oben lebhaft zu werden; die Taue knarrten, Schritte gingen über das Verdeck, und mehrere Stimmen waren deutlich zu unterscheiden— Mehrere Minuten hatten wir so in gespannter Erwartung gesessen, da hörten wir etwas die Treppe der Kajüte herabkommen. Als dies der Alte hörte, fing er an, den Spruch, den ihn sein Großvater gegen Spuk und Zauberei gelehrt hatte, herzusagen:

"Kommt ihr herab aus der Luft,
Steigt ihr aus tiefem Meer,
Schlieft ihr in dunkler Gruft,
Stammt ihr vom Feuer her:
Allah ist euer Herr und Meister,
ihm sind gehorsam alle Geister."

Ich muß gestehen, ich glaubte gar nicht recht an diesen Spruch, und mir stieg das Haar zu Berg, als die Tür auflog. Herein trat jener große, stattliche Mann, den ich am Mastbaum angenagelt gesehen hatte. Der Nagel ging ihm auch jetzt mitten durchs Hirn; das Schwert aber hatte er in die Scheide gesteckt; hinter ihm trat noch ein anderer herein, weniger kostbar gekleidet; auch ihn hatte ich oben liegen sehen. Der Kapitano, denn dies war er unverkennbar, hatte ein bleiches Gesicht, einen großen, schwarzen Bart, wildrollende Augen, mit denen er sich im ganzen Gemach umsah. Ich konnte ihn ganz deutlich sehen, als er an unserer Türe vorüberging; er aber schien gar nicht auf die Türe zu achten, die uns verbarg. Beide setzten sich an den Tisch, der in der Mitte der Kajüte stand, und sprachen laut und fast schreiend miteinander in einer unbekannten Sprache. Sie wurden immer lauter und eifriger, bis endlich der Kapitano mit geballter Faust auf den Tisch hineinschlug, daß das Zimmer dröhnte. Mit wildem Gelächter sprang der andere auf und winkte dem Kapitano, ihm zu folgen. Dieser stand auf, riß seinen Säbel aus der Scheide, und beide verließen das Gemach. Wir atmeten freier, als sie weg waren; aber unsere Angst hatte noch lange kein Ende. Immer lauter und lauter ward es auf dem Verdeck. Man hörte eilends hin und her laufen und schreien, lachen und heulen. Endlich ging ein wahrhaft höllischer Lärm los, so daß wir glaubten, das Verdeck mit allen Segeln komme zu uns herab, Waffengeklirr und Geschrei—auf einmal aber tiefe Stille. Als wir es nach vielen Stunden wagten hinaufzugehen, trafen wir alles wie sonst; nicht einer lag anders als früher. Alle waren steif wie Holz.

So waren wir mehrere Tage auf dem Schiffe; es ging immer nach Osten, wohin zu, nach meiner Berechnung, Land liegen mußte; aber wenn es auch bei Tag viele Meilen zurückgelegt hatte, bei Nacht schien es immer wieder zurückzukehren, denn wir befanden uns immer wieder am nämlichen Fleck, wenn die Sonne aufging. Wir konnten uns dies nicht anders erklären, als daß die Toten jede Nacht mit vollem Winde zurücksegelten. Um nun dies zu verhüten, zogen wir, ehe es Nacht wurde, alle Segel ein und wandten dasselbe Mittel an wie bei der Türe in der Kajüte; wir schrieben den Namen des Propheten auf Pergament und auch das Sprüchlein des Großvaters dazu und banden es um die eingezogenen Segel. Ängstlich warteten wir in unserem Kämmerchen den Erfolg ab. Der Spuk schien diesmal noch ärger zu toben, aber siehe, am anderen Morgen waren die Segel noch aufgerollt, wie wir sie verlassen hatten. Wir spannten den Tag über nur so viele Segel auf, als nötig waren, das Schiff sanft fortzutreiben, und so legten wir in fünf Tagen eine gute Strecke zurück.

Endlich, am Morgen des sechsten Tages, entdeckten wir in geringer Ferne Land, und wir dankten Allah und seinem Propheten für unsere wunderbare Rettung. Diesen Tag und die folgende Nacht trieben wir an einer Küste hin, und am siebenten Morgen glaubten wir in geringer Entfernung eine Stadt zu entdecken; wir ließen mit vieler Mühe einen Anker in die See, der alsobald Grund faßte, setzten ein kleines Boot, das auf dem Verdeck stand, aus und ruderten mit aller Macht der Stadt zu. Nach einer halben Stunde liefen wir in einen Fluß ein, der sich in die See ergoß, und stiegen ans Ufer. Am Stadttor erkundigten wir uns, wie die Stadt heiße, und erfuhren, daß es eine indische Stadt sei, nicht weit von der Gegend, wohin ich zuerst zu schiffen willens war. Wir begaben uns in eine Karawanserei und erfrischten uns von unserer abenteuerlichen Reise. Ich forschte daselbst auch nach einem weisen und verständigen Manne, indem ich dem Wirt zu verstehen gab, daß ich einen solchen haben möchte, der sich ein wenig auf Zauberei verstehe. Er führte mich in eine abgelegene Straße, an ein unscheinbares Haus, pochte an, und man ließ mich eintreten mit der Weisung, ich solle nur nach Muley fragen.

In dem Hause kam mir ein altes Männlein mit grauem Bart und langer Nase entgegen und fragte nach meinem Begehr. Ich sagte ihm, ich suche den weisen Muley, und er antwortete mir, er sei es selbst. Ich fragte ihn nun um Rat, was ich mit den Toten machen solle und wie ich es angreifen müsse, um sie aus dem Schiff zu bringen. Er antwortete mir, die Leute des Schiffes seien wahrscheinlich wegen irgendeines Frevels auf das Meer verzaubert; er glaube, der Zauber werde sich lösen, wenn man sie ans Land bringe; dies könne aber nicht geschehen, als wenn man die Bretter, auf denen sie lägen, losmache. Mir gehöre von Gott und Rechts wegen das Schiff samt allen Gütern, weil ich es gleichsam gefunden habe; doch solle ich alles sehr geheimzuhalten trachten und ihm ein kleines Geschenk von meinem Überfluß machen; er wolle dafür mit seinen Sklaven mir behilflich sein, die Toten wegzuschaffen. Ich versprach, ihn reichlich zu belohnen, und wir machten uns mit fünf Sklaven, die mit Sägen und Beilen versehen waren, auf den Weg. Unterwegs konnte der Zauberer Muley unseren glücklichen Einfall, die Segel mit den Sprüchen des Korans zu umwinden, nicht genug loben. Er sagte, es sei dies das einzige Mittel gewesen, uns zu retten.

Es war noch ziemlich früh am Tage, als wir beim Schiff ankamen. Wir machten uns alle sogleich ans Werk, und in einer Stunde lagen schon vier in dem Nachen. Einige der Sklaven mußten sie an Land rudern, um sie dort zu verscharren. Sie erzählten, als sie zurückkamen, die Toten hätten ihnen die Mühe des Begrabens erspart, indem sie, sowie man sie auf die Erde gelegt habe, in Staub zerfallen seien. Wir fuhren fort, die Toten abzusägen, und bis vor Abend waren alle an Land gebracht. Es war endlich keiner mehr an Bord als der, welcher am Mast angenagelt war. Umsonst suchten wir den Nagel aus dem Holze zu ziehen, keine Gewalt vermochte ihn auch nur ein Haarbreit zu verrücken. Ich wußte nicht, was anzufangen war; man konnte doch nicht den Mastbaum abhauen, um ihn ans Land zu führen. Doch aus dieser Verlegenheit half Muley. Er ließ schnell einen Sklaven an Land rudern, um einen Topf mit Erde zu bringen. Als dieser herbeigeholt war, sprach der Zauberer geheimnisvolle Worte darüber aus und schüttete die Erde auf das Haupt des Toten. Sogleich schlug dieser die Augen auf, holte tief Atem, und die Wunde des Nagels in seiner Stirne fing an zu bluten. Wir zogen den Nagel jetzt leicht heraus, und der Verwundete fiel einem Sklaven in die Arme.

"Wer hat mich hierhergeführt?" sprach er, nachdem er sich ein wenig erholt zu haben schien. Muley zeigte auf mich, und ich trat zu ihm. "Dank dir, unbekannter Fremdling, du hast mich von langen Qualen errettet. Seit fünfzig Jahren schifft mein Leib durch diese Wogen, und mein Geist war verdammt, jede Nacht in ihn zurückzukehren. Aber jetzt hat mein Haupt die Erde berührt, und ich kann versöhnt zu meinen Vätern gehen."

Ich bat ihn, uns doch zu sagen, wie er zu diesem schrecklichen Zustand gekommen sei, und er sprach: "Vor fünfzig Jahren war ich ein mächtiger, angesehener Mann und wohnte in Algier; die Sucht nach Gewinn trieb mich, ein Schiff auszurüsten und Seeraub zu treiben. Ich hatte dieses Geschäft schon einige Zeit fortgeführt, da nahm ich einmal auf Zante einen Derwisch an Bord, der umsonst reisen wollte. Ich und meine Gesellen waren rohe Leute und achteten nicht auf die Heiligkeit des Mannes; vielmehr trieb ich mein Gespött mit ihm. Als er aber einst in heiligem Eifer mir meinen sündigen Lebenswandel verwiesen hatte, übermannte mich nachts in meiner Kajüte, als ich mit meinem Steuermann viel getrunken hatte, der Zorn. Wütend über das, was mir ein Derwisch gesagt hatte und was ich mir von keinem Sultan hätte sagen lassen, stürzte ich aufs Verdeck und stieß ihm meinen Dolch in die Brust. Sterbend verwünschte er mich und meine Mannschaft, nicht sterben und nicht leben zu können, bis wir unser Haupt auf die Erde legten. Der Derwisch starb, und wir warfen ihn in die See und verlachten seine Drohungen; aber noch in derselben Nacht erfüllten sich seine Worte. Ein Teil meiner Mannschaft empörte sich gegen mich—Mit fürchterlicher Wut wurde gestritten, bis meine Anhänger unterlagen und ich an den Mast genagelt wurde. Aber auch die Empörer erlagen ihren Wunden, und bald war mein Schiff nur ein großes Grab. Auch mir brachen die Augen, mein Atem hielt an, und ich meinte zu sterben. Aber es war nur eine Erstarrung, die mich gefesselt hielt; in der nächsten Nacht, zur nämlichen Stunde, da wir den Derwisch in die See geworfen, erwachten ich und alle meine Genossen, das Leben war zurückgekehrt, aber wir konnten nichts tun und sprechen, als was wir in jener Nacht gesprochen und getan hatten. So segeln wir seit fünfzig Jahren, können nicht leben, nicht sterben; denn wie konnten wir das Land erreichen? Mit toller Freude segelten wir allemal mit vollen Segeln in den Sturm, weil wir hofften, endlich an einer Klippe zu zerschellen und das müde Haupt auf dem Grund des Meeres zur Ruhe zu legen. Es ist uns nicht gelungen. Jetzt aber werde ich sterben. Noch einmal meinen Dank, unbekannter Retter, wenn Schätze dich lohnen können, so nimm mein Schiff als Zeichen meiner Dankbarkeit. "

Der Kapitano ließ sein Haupt sinken, als er so gesprochen hatte, und verschied. Sogleich zerfiel er auch, wie seine Gefährten, in Staub. Wir sammelten diesen in ein Kästchen und begruben ihn an Land; aus der Stadt nahm ich aber Arbeiter, die mir mein Schiff in guten Zustand setzten. Nachdem ich die Waren, die ich an Bord hatte, gegen andere mit großem Gewinn eingetauscht hatte, mietete ich Matrosen, beschenkte meinen Freund Muley reichlich und schiffte mich nach meinem Vaterlande ein. Ich machte aber einen Umweg, indem ich an vielen Inseln und Ländern landete und meine Waren zu Markt brachte. Der Prophet segnete mein Unternehmen. Nach dreiviertel Jahren lief ich, noch einmal so reich, als mich der sterbende Kapitän gemacht hatte, in Balsora ein. Meine Mitbürger waren erstaunt über meine Reichtümer und mein Glück und glaubten nicht anders, als daß ich das Diamantental des berühmten Reisenden Sindbad gefunden habe. Ich ließ sie in ihrem Glauben, von nun an aber mußten die jungen Leute von Balsora, wenn sie kaum achtzehn Jahre alt waren, in die Welt hinaus, um gleich mir ihr Glück zu machen. Ich aber lebte ruhig und in Frieden, und alle fünf Jahre mache ich eine Reise nach Mekka, um dem Herrn an heiliger Stätte für seinen Segen zu danken und für den Kapitano und seine Leute zu bitten, daß er sie in sein Paradies aufnehme.

―――――――――Die Reise der Karawane war den anderen Tag ohne Hindernis fürder gegangen, und als man im Lagerplatz sich erholt hatte, begann Selim, der Fremde, zu Muley, dem jüngsten der Kaufleute, also zu sprechen:

"Ihr seid zwar der Jüngste von uns, doch seid Ihr immer fröhlich und wißt für uns gewiß irgendeinen guten Schwank. Tischet ihn auf, daß er uns erquicke nach der Hitze des Tages! "

"Wohl möchte ich euch etwas erzählen", antwortete Muley, "das euch Spaß machen könnte, doch der Jugend ziemt Bescheidenheit in allen Dingen; darum müssen meine älteren Reisegefährten den Vorrang haben. Zaleukos ist immer so ernst und verschlossen, sollte er uns nicht erzählen, was sein Leben so ernst machte? Vielleicht, daß wir seinen Kummer, wenn er solchen hat, lindern können; denn gerne dienen wir dem Bruder, wenn er auch anderen Glaubens ist. "

Der Aufgerufene war ein griechischer Kaufmann, ein Mann in mittleren Jahren, schön und kräftig, aber sehr ernst. Ob er gleich ein Ungläubiger (nicht Muselmann) war, so liebten ihn doch seine Reisegefährten, denn er hatte durch sein ganzes Wesen Achtung und Zutrauen eingeflößt. Er hatte übrigens nur eine Hand, und einige seiner Gefährten vermuteten, daß vielleicht dieser Verlust ihn so ernst stimme.

Zaleukos antwortete auf die zutrauliche Frage Muleys: "Ich bin sehr geehrt durch euer Zutrauen; Kummer habe ich keinen, wenigstens keinen, von welchem ihr auch mit dem besten Willen mir helfen könntet. Doch weil Muley mir meinen Ernst vorzuwerfen scheint, so will ich euch einiges erzählen, was mich rechtfertigen soll, wenn ich ernster bin als andere Leute. Ihr sehet, daß ich meine linke Hand verloren habe. Sie fehlt mir nicht von Geburt an, sondern ich habe sie in den schrecklichsten Tagen meines Lebens eingebüßt. Ob ich die Schuld davon trage, ob ich unrecht habe, seit jenen Tagen ernster, als es meine Lage mit sich bringt, zu sein, möget ihr beurteilen, wenn ihr vernommen habt die Geschichte von der abgehauenen Hand. "

Märchen-Almanach auf das Jahr 1826

Die Geschichte von der abgehauenen Hand

Ich bin in Konstantinopel geboren; mein Vater war ein Dragoman (Dolmetscher) bei der Pforte (dem türkischen Hof) und trieb nebenbei einen ziemlich einträglichen Handel mit wohlriechenden Essenzen und seidenen Stoffen. Er gab mir eine gute Erziehung, indem er mich teils selbst unterrichtete, teils von einem unserer Priester mir Unterricht geben ließ. Er bestimmte mich anfangs, seinen Laden einmal zu übernehmen, als ich aber größere Fähigkeiten zeigte, als er erwartet hatte, bestimmte er mich auf das Anraten seiner Freunde zum Arzt; weil ein Arzt, wenn er etwas mehr gelernt hat als die gewöhnlichen Marktschreier, in Konstantinopel sein Glück machen kann. Es kamen viele Franken in unser Haus, und einer davon überredete meinen Vater, mich in sein Vaterland, nach der Stadt Paris, reisen zu lassen, wo man solche Sachen unentgeltlich und am besten lernen könne. Er selbst aber wolle mich, wenn er zurückreise, umsonst mitnehmen. Mein Vater, der in seiner Jugend auch gereist war, schlug ein, und der Franke sagte mir, ich könne mich in drei Monaten bereithalten. Ich war außer mir vor Freude, fremde Länder zu sehen.

Der Franke hatte endlich seine Geschäfte abgemacht und sich zur Reise bereitet; am Vorabend der Reise führte mich mein Vater in sein Schlafkämmerlein. Dort sah ich schöne Kleider und Waffen auf dem Tische liegen. Was meine Blicke aber noch mehr anzog, war ein großer Haufe Goldes, denn ich hatte noch nie so viel beieinander gesehen. Mein Vater umarmte mich und sagte: "Siehe, mein Sohn, ich habe dir Kleider zu der Reise besorgt. Jene Waffen sind dein, es sind die nämlichen, die mir dein Großvater umhing, als ich in die Fremde auszog. Ich weiß, du kannst sie fuhren; gebrauche sie aber nie, als wenn du angegriffen wirst; dann aber schlage auch tüchtig drauf. Mein Vermögen ist nicht groß; siehe, ich habe es in drei Teile geteilt, einer davon ist dein; einer davon ist mein Unterhalt und Notpfennig, der dritte aber sei mir ein heiliges, unantastbares Gut, er diene dir in der Stunde der Not! " So sprach mein alter Vater, und Tränen hingen ihm im Auge, vielleicht aus Ahnung, denn ich habe ihn nie wiedergesehen.

Die Reise ging gut vonstatten; wir waren bald im Lande der Franken angelangt, und sechs Tagreisen nachher kamen wir in die große Stadt Paris. Hier mietete mir mein fränkischer Freund ein Zimmer und riet mir, mein Geld, das in allem zweitausend Taler betrug, vorsichtig anzuwenden. Ich lebte drei Jahre in dieser Stadt und lernte, was ein tüchtiger Arzt wissen muß; ich müßte aber lügen, wenn ich sagte, daß ich gerne dort gewesen sei; denn die Sitten dieses Volkes gefielen mir nicht; auch hatte ich nur wenige gute Freunde dort, diese aber waren edle, junge Männer.

Die Sehnsucht nach der Heimat wurde endlich mächtig in mir; in der ganzen Zeit hatte ich nichts von meinem Vater gehört, und ich ergriff daher eine günstige Gelegenheit, nach Hause zu kommen.

Es ging nämlich eine Gesandtschaft aus Frankenland nach der Hohen Pforte. Ich verdingte mich als Wundarzt in das Gefolge des Gesandten und kam glücklich wieder nach Stambul. Das Haus meines Vaters aber fand ich verschlossen, und die Nachbarn staunten, als sie mich sahen, und sagten mir, mein Vater sei vor zwei Monaten gestorben. Jener Priester, der mich in meiner Jugend unterrichtet hatte, brachte nur den Schlüssel; allein und verlassen zog ich in das verödete Haus ein. Ich fand noch alles, wie es mein Vater verlassen hatte; nur das Gold, das er mir zu hinterlassen versprach, fehlte. Ich fragte den Priester darüber, und dieser verneigte sich und sprach: "Euer Vater ist als ein heiliger Mann gestorben; denn er hat sein Gold der Kirche vermacht." Dies war und blieb mir unbegreiflich; doch was wollte ich machen; ich hatte keine Zeugen gegen den Priester und mußte froh sein, daß er nicht auch das Haus und die Waren meines Vaters als Vermächtnis angesehen hatte.

Dies war das erste Unglück, das mich traf. Von jetzt an aber kam es Schlag auf Schlag. Mein Ruf als Arzt wollte sich gar nicht ausbreiten, weil ich mich schämte, den Marktschreier zu machen, und überall fehlte mir die Empfehlung meines Vaters, der mich bei den Reichsten und Vornehmsten eingeführt hätte, die jetzt nicht mehr an den armen Zaleukos dachten. Auch die Waren meines Vaters fanden keinen Abgang; denn die Kunden hatten sich nach seinem Tode verlaufen, und neue bekommt man nur langsam. Als ich einst trostlos über meine Lage nachdachte, fiel mir ein, daß ich oft in Franken Männer meines Volkes gesehen hatte, die das Land durchzogen und ihre Waren auf den Märkten der Städte auslegten; ich erinnerte mich, daß man ihnen gerne abkaufte, weil sie aus der Fremde kamen, und daß man bei solchem Handel das Hundertfache erwerben könne. Sogleich war auch mein Entschluß gefaßt. Ich verkaufte mein väterliches Haus, gab einen Teil des gelösten Geldes einem bewährten Freunde zum Aufbewahren, von dem übrigen aber kaufte ich, was man in Franken selten hat, wie Schals, seidene Zeuge, Salben und Öle, mietete einen Platz auf einem Schiff und trat so meine zweite Reise nach Franken an.

Es schien, als ob das Glück, sobald ich die Schlösser der Dardanellen im Rücken hatte, mir wieder günstig geworden wäre. Unsere Fahrt war kurz und glücklich. Ich durchzog die großen und kleinen Städte der Franken und fand überall willige Käufer meiner Waren. Mein Freund in Stambul sandte mir immer wieder frische Vorräte, und ich wurde von Tag zu Tag wohlhabender. Als ich endlich so viel erspart hatte, daß ich glaubte, ein größeres Unternehmen wagen zu können, zog ich mit meinen Waren nach Italien. Etwas muß ich aber noch gestehen, was mir auch nicht wenig Geld einbrachte: ich nahm auch meine Arzneikunst zu Hilfe. Wenn ich in eine Stadt kam, ließ ich durch Zettel verkünden, daß ein griechischer Arzt da sei, der schon viele geheilt habe; und wahrlich, mein Balsam und meine Arzneien haben mir manche Zechine eingebracht.

So war ich endlich nach der Stadt Florenz in Italien gekommen. Ich nahm mir vor, längere Zeit in dieser Stadt zu bleiben, teils weil sie mir so wohl gefiel, teils auch, weil ich mich von den Strapazen meines Umherziehens erholen wollte. Ich mietete mir ein Gewölbe in dem Stadtviertel St. Croce und nicht weit davon ein paar schöne Zimmer, die auf einen Altan führten, in einem Wirtshaus. Sogleich ließ ich auch meine Zettel umhertragen, die mich als Arzt und Kaufmann ankündigten. Ich hatte kaum mein Gewölbe eröffnet, so strömten auch die Käufer herzu, und ob ich gleich ein wenig hohe Preise hatte, so verkaufte ich doch mehr als andere, weil ich gefällig und freundlich gegen meine Kunden war. Ich hatte schon vier Tage vergnügt in Florenz verlebt, als ich eines Abends, da ich schon mein Gewölbe schließen und nur die Vorräte in meinen Salbenbüchsen nach meiner Gewohnheit noch einmal mustern wollte, in einer kleinen Büchse einen Zettel fand, den ich mich nicht erinnerte, hineingetan zu haben. Ich öffnete den Zettel und fand darin eine Einladung, diese Nacht Punkt zwölf Uhr auf der Brücke, die man Ponte vecchio heißt, mich einzufinden. Ich sann lange darüber nach, wer es wohl sein könnte, der mich dorthin einlud, da ich aber keine Seele in Florenz kannte, dachte ich, man werde mich vielleicht heimlich zu irgendeinem Kranken führen wollen, was schon öfter geschehen war. Ich beschloß also hinzugehen, doch hing ich zur Vorsicht den Säbel um, den mir einst mein Vater geschenkt hatte.

Als es stark gegen Mitternacht ging, machte ich mich auf den Weg und kam bald auf die Ponte vecchio. Ich fand die Brücke verlassen und öde und beschloß zu warten, bis er erscheinen würde, der mich rief. Es war eine kalte Nacht; der Mond schien hell, und ich schaute hinab in die Wellen des Arno, die weithin im Mondlicht schimmerten. Auf den Kirchen der Stadt schlug es jetzt zwölf Uhr; ich richtete mich auf, und vor mir stand ein großer Mann, ganz in einen roten Mantel gehüllt, dessen einen Zipfel er vor das Gesicht hielt.

Ich war von Anfang etwas erschrocken, weil er so plötzlich hinter mir stand, faßte mich aber sogleich wieder und sprach: "Wenn Ihr mich habt hierher bestellt, so sagt an, was steht zu Eurem Befehl? "

Der Rotmantel wandte sich um und sagte langsam: "Folge! " Da ward mir's doch etwas unheimlich zumute, mit diesem Unbekannten allein zu gehen; ich blieb stehen und sprach: "Nicht also, lieber Herr, wollet mir vorerst sagen, wohin; auch könnet Ihr mir Euer Gesicht ein wenig zeigen, daß ich sehe, ob Ihr Gutes mit mir vorhabt. "

Der Rote aber schien sich nicht darum zu kümmern. "Wenn du nicht willst, Zaleukos, so bleibe! " antwortete er und ging weiter.

Da entbrannte mein Zorn. "Meinet Ihr", rief ich aus, "ein Mann wie ich lasse sich von jedem Narren foppen, und ich werde in dieser kalten Nacht umsonst gewartet haben? " In drei Sprüngen hatte ich ihn erreicht, packte ihn an seinem Mantel und schrie noch lauter, indem ich die andere Hand an den Säbel legte; aber der Mantel blieb mir in der Hand, und der Unbekannte war um die nächste Ecke verschwunden. Mein Zorn legte sich nach und nach; ich hatte doch den Mantel, und dieser sollte mir schon den Schlüssel zu diesem wunderlichen Abenteuer geben.

Ich hing ihn um und ging meinen Weg weiter nach Hause. Als ich kaum noch hundert Schritte davon entfernt war, streifte jemand dicht an mir vorüber und flüsterte in fränkischer Sprache: "Nehmt Euch in acht, Graf, heute nacht ist nichts zu machen. " Ehe ich mich aber umsehen konnte, war dieser Jemand schon vorbei, und ich sah nur noch einen Schatten an den Häusern hinschweben. Daß dieser Zuruf den Mantel und nicht mich anging, sah ich ein; doch gab er mir kein Licht über die Sache. Am anderen Morgen überlegte ich, was zu tun sei. Ich war von Anfang gesonnen, den Mantel ausrufen zu lassen, als hätte ich ihn gefunden; doch da konnte der Unbekannte ihn durch einen Dritten holen lassen, und ich hätte dann keinen Aufschluß über die Sache gehabt. Ich besah, indem ich so nachdachte, den Mantel näher. Er war von schwerem genuesischem Samt, purpurrot, mit astrachanischem Pelz verbrämt und reich mit Gold bestickt. Der prachtvolle Anblick des Mantels brachte mich auf einen Gedanken, den ich auszuführen beschloß.

Ich trug ihn in mein Gewölbe und legte ihn zum Verkauf aus, setzte aber auf ihn einen so hohen Preis, daß ich gewiß war, keinen Käufer zu finden. Mein Zweck dabei war, jeden, der nach dem Pelz fragen würde, scharf ins Auge zu fassen; denn die Gestalt des Unbekannten, die sich mir nach Verlust des Mantels, wenn auch nur flüchtig, doch bestimmt zeigte, wollte ich aus Tausenden erkennen. Es fanden sich viele Kauflustige zu dem Mantel, dessen außerordentliche Schönheit alle Augen auf sich zog; aber keiner glich entfernt dem Unbekannten, keiner wollte den hohen Preis von zweihundert Zechinen dafür bezahlen. Auffallend war mir dabei, daß, wenn ich einen oder den anderen fragte, ob denn sonst kein solcher Mantel in Florenz sei, alle mit "Nein! " antworteten und versicherten, eine so kostbare und geschmackvolle Arbeit nie gesehen zu haben.

Es wollte schon Abend werden, da kam endlich ein junger Mann, der schon oft bei mir gewesen war und auch heute viel auf den Mantel geboten hatte, warf einen Beutel mit Zechinen auf den Tisch und rief: "Bei Gott! Zaleukos, ich muß deinen Mantel haben, und sollte ich zum Bettler darüber werden. " Zugleich begann er, seine Goldstücke aufzuzählen. Ich kam in große Not; ich hatte den Mantel nur ausgehängt, um vielleicht die Blicke meines Unbekannten darauf zu ziehen, und jetzt kam ein junger Tor, um den ungeheuren Preis zu zahlen. Doch was blieb mir übrig; ich gab nach, denn es tat mir auf der anderen Seite der Gedanke wohl, für mein nächtliches Abenteuer so schön entschädigt zu werden. Der Jüngling hing sich den Mantel um und ging; er kehrte aber auf der Schwelle wieder um, indem er ein Papier, das am Mantel befestigt war, losmachte, mir zuwarf und sagte: "Hier, Zaleukos, hängt etwas, das wohl nicht zu dem Mantel gehört. "

Gleichgültig nahm ich den Zettel; aber siehe da, dort stand geschrieben: "Bringe heute nacht um die bewußte Stunde den Mantel auf die Ponte vecchio, vierhundert Zechinen warten deiner. "

Ich stand wie niedergedonnert. So hatte ich also mein Glück selbst verscherzt und meinen Zweck gänzlich verfehlt! Doch ich besann mich nicht lange, raffte die zweihundert Zechinen zusammen, sprang dem, der den Mantel gekauft hatte, nach und sprach: "Nehmt Eure Zechinen wieder, guter Freund, und laßt mir den Mantel, ich kann ihn unmöglich hergeben. " Dieser hielt die Sache von Anfang für Spaß, als er aber merkte, daß es Ernst war, geriet er in Zorn über meine Forderung, schalt mich einen Narren, und so kam es endlich zu Schlägen. Doch ich war so glücklich, im Handgemenge ihm den Mantel zu entreißen, und wollte schon mit ihm davoneilen, als der junge Mann die Polizei zu Hilfe rief und mich mit sich vor Gericht zog. Der Richter war sehr erstaunt über die Anklage und sprach meinem Gegner den Mantel zu. Ich aber bot dem Jünglinge zwanzig, fünfzig, achtzig, ja hundert Zechinen über seine zweihundert, wenn er mir den Mantel ließe. Was meine Bitten nicht vermochten, bewirkte mein Gold. Er nahm meine guten Zechinen, ich aber zog mit dem Mantel triumphierend ab und mußte mir gefallen lassen, daß man mich in ganz Florenz für einen Wahnsinnigen hielt. Doch die Meinung der Leute war mir gleichgültig; ich wußte es ja besser als sie, daß ich an dem Handel noch gewann.

Mit Ungeduld erwartete ich die Nacht. Um dieselbe Zeit wie gestern ging ich, den Mantel unter dem Arm, auf die Ponte vecchio. Mit dem letzten Glockenschlag kam die Gestalt aus der Nacht heraus auf mich zu. Es war unverkennbar der Mann von gestern. "Hast du den Mantel?" wurde ich gefragt.

"Ja, Herr", antwortete ich, "aber er kostete mich bar hundert Zechinen."

"Ich weiß es", entgegnete jener. "Schau auf, hier sind vierhundert." Er trat mit mir an das breite Geländer der Brücke und zählte die Goldstücke hin. Vierhundert waren es; prächtig blitzten sie im Mondschein, ihr Glanz erfreute mein Herz, ach! Es ahnte nicht, daß es seine letzte Freude sein werde. Ich steckte mein Geld in die Tasche und wollte mir nun auch den gütigen Unbekannten recht betrachten; aber er hatte eine Larve vor dem Gesicht, aus der mich dunkle Augen furchtbar anblitzten.

"Ich danke Euch, Herr, für Eure Güte", sprach ich zu ihm, "was verlangt Ihr jetzt von mir? Das sage ich Euch aber vorher, daß es nichts Unrechtes sein darf."

"Unnötige Sorge", antwortete er, indem er den Mantel um die Schultern legte, "ich bedarf Eurer Hilfe als Arzt; doch nicht für einen Lebenden, sondern für einen Toten."

"Wie kann das sein?" rief ich voll Verwunderung.

"Ich kam mit meiner Schwester aus fernen Landen", erzählte er und winkte mir zugleich, ihm zu folgen. "Ich wohnte hier mit ihr bei einem Freund meines Hauses. Meine Schwester starb gestern schnell an einer Krankheit, und die Verwandten wollen sie morgen begraben. Nach einer alten Sitte unserer Familie aber sollen alle in der Gruft der Väter ruhen; viele, die in fremden Landen starben, ruhen dennoch dort einbalsamiert. Meinen Verwandten gönne ich nun ihren Körper; meinem Vater aber muß ich wenigstens den Kopf seiner Tochter bringen, damit er sie noch einmal sehe. " Diese Sitte, die Köpfe geliebter Anverwandten abzuschneiden, kam mir zwar etwas schrecklich vor; doch wagte ich nichts dagegen einzuwenden aus Furcht, den Unbekannten zu beleidigen. Ich sagte ihm daher, daß ich mit dem Einbalsamieren der Toten wohl umgehen könne, und bat ihn, mich zu der Verstorbenen zu führen. Doch konnte ich mich nicht enthalten zu fragen, warum denn dies alles so geheimnisvoll und in der Nacht geschehen müsse. Er antwortete mir, daß seine Anverwandten, die seine Absicht für grausam hielten, bei Tage ihn abhalten würden; sei aber nur erst einmal der Kopf abgenommen, so könnten sie wenig mehr darüber sagen. Er hätte mir zwar den Kopf bringen können; aber ein natürliches Gefühl halte ihn ab, ihn selbst abzunehmen.

Wir waren indes bis an ein großes, prachtvolles Haus gekommen. Mein Begleiter zeigte es mir als das Ziel unseres nächtlichen Spazierganges. Wir gingen an dem Haupttor des Hauses vorbei, traten in eine kleine Pforte, die der Unbekannte sorgfältig hinter sich zumachte, und stiegen nun im Finstern eine enge Wendeltreppe hinan. Sie führte in einen spärlich erleuchteten Gang, aus welchem wir in ein Zimmer gelangten, das eine Lampe, die an der Decke befestigt war, erleuchtete.

In diesem Gemach stand ein Bett, in welchem der Leichnam lag. Der Unbekannte wandte sein Gesicht ab und schien Tränen verbergen zu wollen. Er deutete nach dem Bett, befahl mir, mein Geschäft gut und schnell zu verrichten, und ging wieder zur Türe hinaus.

Ich packte meine Messer, die ich als Arzt immer bei mir führte, aus und näherte mich dem Bett. Nur der Kopf war von der Leiche sichtbar; aber dieser war so schön, daß mich unwillkürlich das innigste Mitleiden ergriff. In langen Flechten hing das dunkle Haar herab, das Gesicht war bleich, die Augen geschlossen. Ich machte zuerst einen Einschnitt in die Haut, nach der Weise der Ärzte, wenn sie ein Glied abschneiden. Sodann nahm ich mein schärfstes Messer und schnitt mit einem Zug die Kehle durch. Aber welcher Schrecken! Die Tote schlug die Augen auf, schloß sie aber gleich wieder, und in einem tiefen Seufzer schien sie jetzt erst ihr Leben auszuhauchen. Zugleich schoß mir ein Strahl heißen Blutes aus der Wunde entgegen. Ich überzeugte mich, daß ich erst die Arme getötet hatte; denn daß sie tot sei, war kein Zweifel, da es von dieser Wunde keine Rettung gab. Ich stand einige Minuten in banger Beklommenheit über das, was geschehen war. Hatte der Rotmantel mich betrogen, oder war die Schwester vielleicht nur scheintot gewesen? Das letztere schien mir wahrscheinlicher. Aber ich durfte dem Bruder der Verstorbenen nicht sagen, daß vielleicht ein weniger rascher Schnitt sie erweckt hätte, ohne sie zu töten, darum wollte ich den Kopf vollends ablösen; aber noch einmal stöhnte die Sterbende, streckt sich in schmerzhafter Bewegung aus und starb. Da übermannte mich der Schrecken, und ich stürzte schaudernd aus dem Gemach. Aber draußen im Gang war es finster; denn die Lampe war verlöscht. Keine Spur von meinem Begleiter war zu entdecken, und ich mußte aufs ungefähr mich im Finstern an der Wand fortbewegen, um an die Wendeltreppe zu gelangen. Ich fand sie endlich und kam halb fallend, halb gleitend hinab. Auch unten war kein Mensch. Die Türe fand ich nur angelehnt, und ich atmete freier, als ich auf der Straße war; denn in dem Hause war mir ganz unheimlich geworden. Von Schrecken gespornt, rannte ich in meine Wohnung und begrub mich in die Polster meines Lagers, um das Schreckliche zu vergessen, das ich getan hatte. Aber der Schlaf floh mich, und erst der Morgen ermahnte mich wieder, mich zu fassen. Es war mir wahrscheinlich, daß der Mann, der mich zu dieser verruchten Tat, wie sie mir jetzt erschien, verführt hatte, mich nicht angeben würde. Ich entschloß mich, gleich in mein Gewölbe an mein Geschäft zu gehen und womöglich eine sorglose Miene anzunehmen. Aber ach! Ein neuer Umstand, den ich jetzt erst bemerkte, vermehrte noch meinen Kummer. Meine Mütze und mein Gürtel wie auch meine Messer fehlten mir, und ich war ungewiß, ob ich sie in dem Zimmer der Getöteten gelassen oder erst auf meiner Flucht verloren hatte. Leider schien das erste wahrscheinlicher, und man konnte mich also als Mörder entdecken.

Ich öffnete zur gewöhnlichen Zeit mein Gewölbe. Mein Nachbar trat zu mir her, wie er alle Morgen zu tun pflegte, denn er war ein gesprächiger Mann. "Ei, was sagt Ihr zu der schrecklichen Geschichte", hub er an, "die heute nacht vorgefallen ist? " Ich tat, als ob ich nichts wüßte. "Wie, solltet Ihr nicht wissen, von was die ganze Stadt erfüllt ist? Nicht wissen, daß die schönste Blume von Florenz, Bianka, die Tochter des Gouverneurs, in dieser Nacht ermordet wurde? Ach! Ich sah sie gestern noch so heiter durch die Straßen fahren mit ihrem Bräutigam, denn heute hätten sie Hochzeit gehabt."

Jedes Wort des Nachbarn war mir ein Stich ins Herz. Und wie oft kehrte meine Marter wieder; denn jeder meiner Kunden erzählte mir die Geschichte, immer einer schrecklicher als der andere, und doch konnte keiner so Schreckliches sagen, als ich selbst gesehen hatte. Um Mittag ungefähr trat ein Mann vom Gericht in mein Gewölbe und bat mich, die Leute zu entfernen. "Signore Zaleukos", sprach er, indem er die Sachen, die ich vermißte, hervorzog, "gehören diese Sachen Euch zu? " Ich besann mich, ob ich sie nicht gänzlich ableugnen sollte; aber als ich durch die halbgeöffnete Tür meinen Wirt und mehrere Bekannte, die wohl gegen mich zeugen konnten, erblickte, beschloß ich, die Sache nicht noch durch eine Lüge zu verschlimmern, und bekannte mich zu den vorgezeigten Dingen. Der Gerichtsmann bat mich, ihm zu folgen, und führte mich in ein großes Gebäude, das ich bald für das Gefängnis erkannte. Dort wies er mir bis auf weiteres ein Gemach an.

Meine Lage war schrecklich, als ich so in der Einsamkeit darüber nachdachte. Der Gedanke, gemordet zu haben, wenn auch ohne Willen, kehrte immer wieder. Auch konnte ich mir nicht verhehlen, daß der Glanz des Goldes meine Sinne befangen gehalten hatte; sonst hätte ich nicht so blindlings in die Falle gehen können. Zwei Stunden nach meiner Verhaftung wurde ich aus meinem Gemach geführt. Mehrere Treppen ging es hinab, dann kam man in einen großen Saal. Um einen langen, schwarzbehängten Tisch saßen dort zwölf Männer, meistens Greise. An den Seiten des Saales zogen sich Bänke herab, angefüllt mit den Vornehmsten von Florenz; auf den Galerien, die in der Höhe angebracht waren, standen dicht gedrängt die Zuschauer. Als ich bis vor den schwarzen Tisch getreten war, erhob sich ein Mann mit finsterer, trauriger Miene; es war der Gouverneur. Er sprach zu den Versammelten, daß er als Vater in dieser Sache nicht richten könne und daß er seine Stelle für diesmal an den ältesten der Senatoren abtrete. Der älteste der Senatoren war ein Greis von wenigstens neunzig Jahren. Er stand gebückt, und seine Schläfen waren mit dünnem, weißem Haar umhängt; aber feurig brannten noch seine Augen, und seine Stimme war stark und sicher. Er hub an, mich zu fragen, ob ich den Mord gestehe. Ich bat ihn um Gehör und erzählte unerschrocken und mit vernehmlichen Stimme, was ich getan hatte und was ich wußte. Ich bemerkte, daß der Gouverneur während meiner Erzählung bald blaß, bald rot wurde, und als ich geschlossen, fuhr er wütend auf: "Wie, Elender! " rief er mir zu, "so willst du ein Verbrechen, das du aus Habgier begangen, noch einem anderen aufbürden? "

Der Senator verwies ihm seine Unterbrechung, da er sich freiwillig seines Rechtes begeben habe; auch sei es gar nicht so erwiesen, daß ich aus Habgier gefrevelt; denn nach seiner eigenen Aussage sei ja der Getöteten nichts gestohlen worden. Ja, er ging noch weiter; er erklärte dem Gouverneur, daß er über das frühere Leben seiner Tochter Rechenschaft geben müsse; denn nur so könne man schließen, ob ich die Wahrheit gesagt habe oder nicht. Zugleich hob er für heute das Gericht auf, um sich, wie er sagte, aus den Papieren der Verstorbenen, die ihm der Gouverneur übergeben werde, Rat zu holen. Ich wurde wieder in mein Gefängnis zurückgeführt, wo ich einen schaurigen Tag verlebte, immer mit dem heißen Wunsch beschäftigt, daß man doch irgendeine Verbindung zwischen der Toten und dem Rotmantel entdecken möchte. Voll Hoffnung trat ich den anderen Tag in den Gerichtssaal. Es lagen mehrere Briefe auf dem Tisch. Der alte Senator fragte mich, ob sie meine Handschrift seien. Ich sah sie an und fand, daß sie von derselben Hand sein müßten wie jene beiden Zettel, die ich erhalten. Ich äußerte dies den Senatoren; aber man schien nicht darauf zu achten und antwortete, daß ich beides geschrieben haben könne und müsse; denn der Namenszug unter den Briefen sei unverkennbar ein Z, der Anfangsbuchstabe meines Namens. Die Briefe aber enthielten

Drohungen an die Verstorbene und Warnungen vor der Hochzeit, die sie zu vollziehen im Begriff war.

Der Gouverneur schien sonderbare Aufschlüsse in Hinsicht auf meine Person gegeben zu haben; denn man behandelte mich an diesem Tage mißtrauischer und strenger. Ich berief mich zu meiner Rechtfertigung auf meine Papiere, die sich in meinem Zimmer finden müßten; aber man sagte mir, man habe nachgesucht und nichts gefunden. So schwand mir am Schlusse dieses Gerichts alle Hoffnung, und als ich am dritten Tag wieder in den Saal geführt wurde, las man mir das Urteil vor, daß ich, eines vorsätzlichen Mordes überwiesen, zum Tode verurteilt sei. Dahin also war es mit mir gekommen. Verlassen von allem, was mir auf Erden noch teuer war, fern von meiner Heimat, sollte ich unschuldig in der Blüte meiner Jahre vom Beile sterben.

Ich saß am Abend dieses schrecklichen Tages, der über mein Schicksal entschieden hatte, in meinem einsamen Kerker; meine Hoffnungen waren dahin, meine Gedanken ernsthaft auf den Tod gerichtet. Da tat sich die Türe meines Gefängnisses auf, und ein Mann trat herein, der mich lange schweigend betrachtete. "So finde ich dich wieder, Zaleukos?" sagte er; ich hatte ihn bei dem matten Schein meiner Lampe nicht erkannt, aber der Klang seiner Stimme erweckte alte Erinnerungen in mir, es war Valetty, einer jener wenigen Freunde, die ich in der Stadt Paris während meiner Studien kannte. Er sagte, daß er zufällig nach Florenz gekommen sei, wo sein Vater als angesehener Mann wohne, er habe von meiner Geschichte gehört und sei gekommen, um mich noch einmal zu sehen und von mir selbst zu erfahren, wie ich mich so schwer habe verschulden können. Ich erzählte ihm die ganze Geschichte. Er schien darüber sehr verwundert und beschwor mich, ihm, meinem einzigen Freunde, alles zu sagen, um nicht mit einer Lüge von hinnen zu gehen. Ich schwor ihm mit dem teuersten Eid, daß ich wahr gesprochen und daß keine andere Schuld mich drücke, als daß ich, von dem Glanze des Goldes geblendet, das Unwahrscheinliche der Erzählung des Unbekannten nicht erkannt habe. "So hast du Bianka nicht gekannt?" fragte jener. Ich beteuerte ihm, sie nie gesehen zu haben. Valetty erzählte mir nun, daß ein tiefes Geheimnis auf der Tat liege, daß der Gouverneur meine Verurteilung sehr hastig betrieben habe, und es sei nun ein Gerücht unter die Leute gekommen, daß ich Bianka schon längst gekannt und aus Rache über ihre Heirat mit einem anderen sie ermordet habe. Ich bemerkte ihm, daß dies alles ganz auf den Rotmantel passe, daß ich aber seine Teilnahme an der Tat mit nichts beweisen könne. Valetty umarmte mich weinend und versprach mir, alles zu tun, um wenigstens mein Leben zu retten. Ich hatte wenig Hoffnung; doch wußte ich, daß Valetty ein weiser und der Gesetze kundiger Mann sei und daß er alles tun werde, mich zu retten. Zwei lange Tage war ich in Ungewißheit: Endlich erschien auch Valetty. "Ich bringe Trost, wenn auch einen schmerzlichen. Du wirst leben und frei sein; aber mit Verlust einer Hand. " Gerührt dankte ich meinem Freunde für mein Leben. Er sagte mir, daß der Gouverneur unerbittlich gewesen sei, die Sache noch einmal untersuchen zu lassen; daß er aber endlich, um nicht ungerecht zu erscheinen, bewilligt habe, wenn man in den Büchern der florentinischen Geschichte einen ähnlichen Fall finde, so solle meine Strafe sich nach der Strafe, die dort ausgesprochen sei, richten. Er und sein Vater haben nun Tag und Nacht in den alten Büchern gelesen und endlich einen ganz dem meinigen ähnlichen Fall gefunden. Dort laute die Strafe: Es soll ihm die linke Hand abgehauen, seine Güter eingezogen, er selbst auf ewig verbannt werden. So laute jetzt auch meine Strafe, und ich solle mich jetzt bereiten zu der schmerzhaften Stunde, die meiner warte. Ich will euch nicht diese schreckliche Stunde vor das Auge führen, wo ich auf offenem Markt meine Hand auf den Block legte, wo mein eigenes Blut in weitem Bogen mich überströmte!

Valetty nahm mich in sein Haus auf, bis ich genesen war, dann versah er mich edelmütig mit Reisegeld; denn alles, was ich mir so mühsam erworben, war eine Beute des Gerichts geworden. Ich reiste von Florenz nach Sizilien und von da mit dem ersten Schiff, das ich fand, nach Konstantinopel. Meine Hoffnung war auf die Summe gerichtet, die ich meinem Freunde übergeben hatte, auch bat ich ihn, bei ihm wohnen zu dürfen; aber wie erstaunte ich, als dieser mich fragte, warum ich denn nicht mein Haus beziehe! Er sagte mir, daß ein fremder Mann unter meinem Namen ein Haus in dem Quartier der Griechen gekauft habe; derselbe habe auch den Nachbarn gesagt, daß ich bald selbst kommen werde. Ich ging sogleich mit meinem Freunde dahin und wurde von allen meinen Bekannten freudig empfangen. Ein alter Kaufmann gab mir einen Brief, den der Mann, der für mich gekauft hatte, hiergelassen habe.

Ich las: "Zaleukos! Zwei Hände stehen bereit, rastlos zu schaffen, daß Du nicht fühlest den Verlust der einen. Das Haus, das Du siehest, und alles, was darin ist, ist Dein, und alle Jahre wird man Dir so viel reichen, daß Du zu den Reichen Deines Volkes gehören wirst. Mögest Du dem vergeben, der unglücklicher ist als Du. " Ich konnte ahnen, wer es geschrieben, und der Kaufmann sagte mir auf meine Frage: Es sei ein Mann gewesen, den er für einen Franken gehalten, er habe einen roten Mantel angehabt. Ich wußte genug, um mir zu gestehen, daß der Unbekannte doch nicht ganz von aller edlen Gesinnung entblößt sein müsse. In meinem neuen Haus fand ich alles aufs beste eingerichtet, auch ein Gewölbe mit Waren, schöner als ich sie je gehabt. Zehn Jahre sind seitdem verstrichen; mehr aus alter Gewohnheit, als weil ich es nötig habe, setze ich meine Handelsreisen fort; doch habe ich jenes Land, wo ich so unglücklich wurde, nie mehr gesehen. Jedes Jahr erhielt ich seitdem tausend Goldstücke; aber, wenn es mir auch Freude macht, jenen Unglücklichen edel zu wissen, so kann er mir doch den Kummer meiner Seele nicht abkaufen, denn ewig lebt in mir das grauenvolle Bild der ermordeten Bianka.

—————————Zaleukos, der griechische Kaufmann, hatte seine Geschichte geendigt. Mit großer Teilnahme hatten ihm die übrigen zugehört, besonders der Fremde schien sehr davon ergriffen zu sein; er hatte einigemal tief geseufzt, und Muley schien es sogar, als habe er einmal Tränen in den Augen gehabt. Sie besprachen sich noch lange Zeit über diese Geschichte.

"Und haßt Ihr den Unbekannten nicht, der Euch so schnöd' um ein so edles Glied Eures Körpers, der selbst Euer Leben in Gefahr brachte? " fragte der Fremde.

"Wohl gab es in früherer Zeit Stunden", antwortete der Grieche, "in denen mein Herz ihn vor Gott angeklagt, daß er diesen Kummer über mich gebracht und mein Leben vergiftet habe; aber ich fand Trost in dem Glauben meiner Väter, und dieser befiehlt mir, meine Feinde zu lieben; auch ist er wohl noch unglücklicher als ich."

"Ihr seid ein edler Mann!" rief der Fremde und drückte gerührt dem Griechen die Hand.

Der Anführer der Wache unterbrach sie aber in ihrem Gespräch. Er trat mit besorgter Miene in das Zelt und berichtete, daß man sich nicht der Ruhe überlassen dürfe; denn hier sei die Stelle, wo gewöhnlich die Karawanen angegriffen würden, auch glaubten seine Wachen, in der Entfernung mehrere Reiter zu sehen.

Die Kaufleute waren sehr bestürzt über diese Nachricht; Selim, der Fremde, aber wunderte sich über ihre Bestürzung und meinte, daß sie so gut geschätzt wären, daß sie einen Trupp räuberischer Araber nicht zu fürchten brauchten.

"Ja, Herr!" entgegnete ihm der Anführer der Wache. "Wenn es nur solches Gesindel wäre, könnte man sich ohne Sorge zur Ruhe legen; aber seit einiger Zeit zeigt sich der furchtbare Orbasan wieder, und da gilt es, auf seiner Hut zu sein."

Der Fremde fragte, wer denn dieser Orbasan sei, und Achmet, der alte Kaufmann, antwortete ihm: "Es gehen allerlei Sagen unter dem Volke über diesen wunderbaren Mann. Die einen halten ihn für ein übermenschliches Wesen, weil er oft mit fünf bis sechs Männern zumal einen Kampf besteht, andere halten ihn für einen tapferen Franken, den das Unglück in diese Gegend verschlagen habe; von allem aber ist nur so viel gewiß, daß er ein verruchter Mörder und Dieb ist."

"Das könnt Ihr aber doch nicht behaupten", entgegnete ihm Lezah, einer der Kaufleute. "Wenn er auch ein Räuber ist, so ist er doch ein edler Mann, und als solcher hat er sich an meinem Bruder bewiesen, wie ich Euch erzählen könnte. Er hat seinen ganzen Stamm zu geordneten Menschen gemacht, und so lange er die Wüste durchstreift, darf kein anderer Stamm es wagen, sich sehen zu lassen. Auch raubt er nicht wie andere, sondern er erhebt nur ein Schutzgeld von den Karawanen, und wer ihm dieses willig bezahlt, der ziehet ungefährdet weiter; denn Orbasan ist der Herr der Wüste."

Also sprachen unter sich die Reisenden im Zelte; die Wachen aber, die um den Lagerplatz ausgestellt waren, begannen unruhig zu werden. Ein ziemlich bedeutender Haufe bewaffneter Reiter zeigte sich in der Entfernung einer halben Stunde; sie schienen gerade auf das Lager zuzureiten. Einer der Männer von der Wache ging daher in das Zelt, um zu verkünden, daß sie wahrscheinlich angegriffen würden. Die Kaufleute berieten sich untereinander, was zu tun sei, ob man ihnen entgegengehen oder den Angriff abwarten solle. Achmet und die zwei älteren Kaufleute wollten das letztere, der feurige Muley aber und Zaleukos verlangten das erstere und riefen den Fremden zu ihrem Beistand auf. Dieser zog ruhig ein kleines, blaues Tuch mit roten Sternen aus seinem Gürtel hervor, band es an eine Lanze und befahl einem der Sklaven, es auf das Zelt zu stecken; er setze sein Leben zum Pfand, sagte er, die Reiter werden, wenn sie dieses Zeichen sehen, ruhig vorüberziehen. Muley glaubte nicht an den Erfolg, der Sklave aber steckte die Lanze auf das Zelt. Inzwischen hatten alle, die im Lager waren, zu den Waffen gegriffen und sahen in gespannter Erwartung den Reitern entgegen. Doch diese schienen das Zeichen auf dem Zelte erblickt zu haben, sie wichen plötzlich von ihrer Richtung auf das Lager ab und zogen in einem großen Bogen auf der Seite hin.

Verwundert standen einige Augenblicke die Reisenden und sahen bald auf die Reiter, bald auf den Fremden. Dieser stand ganz gleichgültig, wie wenn nichts vorgefallen wäre, vor dem Zelte und blickte über die Ebene hin. Endlich brach Muley das Stillschweigen. "Wer bist du, mächtiger Fremdling", rief er aus, "der du die wilden Horden der Wüste durch einen Wink bezähmst? "

"Ihr schlagt meine Kunst höher an, als sie ist", antwortete Selim Baruch. "Ich habe mich mit diesem Zeichen versehen, als ich der Gefangenschaft entfloh; was es zu bedeuten hat, weiß ich selbst nicht; nur so viel weiß ich, daß, wer mit diesem Zeichen reiset, unter mächtigem Schutze steht. "

Die Kaufleute dankten dem Fremden und nannten ihn ihren Erretter. Wirklich war auch die Anzahl der Reiter so groß gewesen, daß wohl die Karawane nicht lange hätte Widerstand leisten können.

Mit leichterem Herzen begab man sich jetzt zur Ruhe, und als die Sonne zu sinken begann und der Abendwind über die Sandebene hinstrich, brachen sie auf und zogen weiter.

Am nächsten Tage lagerten sie ungefähr nur noch eine Tagreise von dem Ausgang der Wüste entfernt. Als sich die Reisenden wieder in dem großen Zelt versammelt hatten, nahm Lezah, der Kaufmann, das Wort:

"Ich habe euch gestern gesagt, daß der gefürchtete Orbasan ein edler Mann sei, erlaubt mir, daß ich es euch heute durch die Erzählung der Schicksale meines Bruders beweise. Mein Vater war Kadi in Akara. Er hatte drei Kinder. Ich war der Älteste, ein Bruder und eine Schwester waren bei weitem jünger als ich. Als ich zwanzig Jahre alt war, rief mich ein Bruder meines Vaters zu sich. Er setzte mich zum Erben seiner Güter ein, mit der Bedingung, daß ich bis zu seinem Tode bei ihm bleibe. Aber er erreichte ein hohes Alter, so daß ich erst vor zwei Jahren in meine Heimat zurückkehrte und nichts davon wußte, welch schreckliches Schicksal indes mein Haus betroffen und wie gütig Allah es gewendet hatte. "

Märchen-Almanach auf das Jahr 1826

Die Errettung Fatmes

Mein Bruder Mustapha und meine Schwester Fatme waren beinahe in gleichem Alter; jener hatte höchstens zwei Jahre voraus. Sie liebten einander innig und trugen vereint alles bei, was unserem kränklichen Vater die Last seines Alters erleichtern konnte. An Fatmes sechzehntem Geburtstage veranstaltete der Bruder ein Fest. Er ließ alle ihre Gespielinnen einladen, setzte ihnen in dem Garten des Vaters ausgesuchte Speisen vor, und als es Abend wurde, lud er sie ein, auf einer Barke, die er gemietet und festlich geschmückt hatte, ein wenig hinaus in die See zu fahren. Fatme und ihre Gespielinnen willigten mit Freuden ein; denn der Abend war schön, und die Stadt gewährte besonders abends, von dem Meere aus betrachtet, einen herrlichen Anblick. Den Mädchen aber gefiel es so gut auf der Barke, daß sie meinen Bruder bewogen, immer weiter in die See hinauszufahren. Mustapha gab aber ungern nach, weil sich vor einigen Tagen ein Korsar hatte sehen lassen. Nicht weit von der Stadt zieht sich ein Vorgebirge in das Meer. Dorthin wollten noch die Mädchen, um von da die Sonne in das Meer sinken zu sehen. Als sie um das Vorgebirg' herumruderten, sahen sie in geringer Entfernung eine Barke, die mit Bewaffneten besetzt war. Nichts Gutes ahnend, befahl mein Bruder den Ruderern, sein Schiff zu drehen und dem Lande zuzurudern. Wirklich schien sich auch seine Besorgnis zu bestätigen; denn jene Barke kam der meines Bruders schnell nach, überholte sie, da sie mehr Ruder hatte, und hielt sich immer zwischen dem Land, und unserer Barke. Die Mädchen aber, als sie die Gefahr erkannten, in der sie schwebten, sprangen auf und schrien und klagten; umsonst suchte sie Mustapha zu beruhigen, umsonst stellte er ihnen vor, ruhig zu bleiben, weil sie durch ihr Hin- und Herrennen die Barke in Gefahr brächten umzuschlagen. Es half nichts, und da sie sich endlich bei Annäherung des anderen Bootes alle auf die hintere Seite der Barke stürzten, schlug diese um. Indessen aber hatte man vom Land aus die Bewegungen des fremden Bootes beobachtet, und da man schon seit einiger Zeit Besorgnisse wegen Korsaren hegte, hatte dieses Boot Verdacht erregt, und mehrere Barken stießen vom Lande, um den Unsrigen beizustehen. Aber sie kamen nur noch zu rechter Zeit, um die

Untersinkenden aufzunehmen. In der Verwirrung war das feindliche Boot entwischt, auf den beiden Barken aber, welche die Geretteten aufgenommen hatten, war man ungewiß, ob alle gerettet seien. Man näherte sich gegenseitig, und ach! Es fand sich, daß meine Schwester und eine ihrer Gespielinnen fehlten; zugleich entdeckte man aber einen Fremden in einer der Barken, den niemand kannte. Auf die Drohungen Mustaphas gestand er, daß er zu dem feindlichen Schiff, das zwei Meilen ostwärts vor Anker liege, gehöre, und daß ihn seine Gefährten auf ihrer eiligen Flucht im Stich gelassen hätten, indem er im Begriff gewesen sei, die Mädchen auffischen zu helfen; auch sagte er aus, daß er gesehen habe, wie man zwei derselben in das Schiff gezogen.

Der Schmerz meines alten Vaters war grenzenlos, aber auch Mustapha war bis zum Tod betrübt, denn nicht nur, daß seine geliebte Schwester verloren war und daß er sich anklagte, an ihrem Unglück schuld zu sein—jene Freundin Fatmes, die ihr Unglück teilte, war von ihren Eltern ihm zur Gattin zugesagt gewesen, und nur unserem Vater hatte er es noch nicht zu gestehen gewagt, weil ihre Eltern arm und von geringer Abkunft waren. Mein Vater aber war ein strenger Mann; als sein Schmerz sich ein wenig gelegt hatte, ließ er Mustapha vor sich kommen und sprach zu ihm: "Deine Torheit hat mir den Trost meines Alters und die Freude meiner Augen geraubt. Gehe hin, ich verbanne dich auf ewig von meinem Angesicht, ich fluche dir und deinen Nachkommen, aber nur, wenn du mir Fatme wiederbringst, soll dein Haupt rein sein von dem Fluche des Vaters."

Dies hatte mein armer Bruder nicht erwartet; schon vorher hatte er sich entschlossen gehabt, seine Schwester und ihre Freundin aufzusuchen, und wollte sich nur noch den Segen des Vaters dazu erbitten, und jetzt schickte er ihn, mit dem Fluch beladen, in die Welt. Aber hatte ihn jener Jammer vorher gebeugt, so stählte jetzt die Fülle des Unglücks, das er nicht verdient hatte, seinen Mut.

Er ging zu dem gefangenen Seeräuber und befragte ihn, wohin die Fahrt seines Schiffes ginge, und erfuhr, daß sie Sklavenhandel trieben und gewöhnlich in Balsora großen Markt hielten.

Als er wieder nach Hause kam, um sich zur Reise anzuschicken, schien sich der Zorn des Vaters ein wenig gelegt zu haben, denn er sandte ihm einen Beutel mit Gold zur Unterstützung auf der Reise. Mustapha aber nahm weinend von den Eltern Zoraides, so hieß seine geliebte Braut, Abschied und machte sich auf den Weg nach Balsora.

Mustapha machte die Reise zu Land, weil von unserer kleinen Stadt aus nicht gerade ein Schiff nach Balsora ging. Er mußte daher sehr starke Tagreisen machen, um nicht zu lange nach den Seeräubern nach Balsora zu kommen; doch da er ein gutes Roß und kein Gepäck hatte, konnte er hoffen, diese Stadt am Ende des sechsten Tages zu erreichen. Aber am Abend des vierten Tages, als er ganz allein seines Weges ritt, fielen ihn plötzlich drei Männer an. Da er merkte, daß sie gut bewaffnet und stark seien und daß es mehr auf sein Geld und sein Roß als auf sein Leben abgesehen war, so rief er ihnen zu, daß er sich ihnen ergeben wolle. Sie stiegen von ihren Pferden ab und banden ihm die Füße unter dem Bauch seines Tieres zusammen; ihn selbst aber nahmen sie in die Mitte und trabten, indem einer den Zügel seines Pferdes ergriff, schnell mit ihm davon, ohne jedoch ein Wort zu sprechen.

Mustapha gab sich einer dumpfen Verzweiflung hin, der Fluch seines Vaters schien schon jetzt an dem Unglücklichen in Erfüllung zu gehen, und wie konnte er hoffen, seine Schwester und Zoraide zu retten, wenn er, aller Mittel beraubt, nur sein ärmliches Leben zu ihrer Befreiung aufwenden konnte. Mustapha und seine stummen Begleiter mochten wohl eine Stunde geritten sein, als sie in ein kleines Seitental einbogen. Das Tälchen war von hohen Bäumen eingefaßt; ein weicher dunkelgrüner Rasen, ein Bach, der schnell durch seine Mitte hinrollte, luden zur Ruhe ein. Wirklich sah er auch fünfzehn bis zwanzig Zelte dort aufgeschlagen; an den Pflöcken der Zelte waren Kamele und schöne Pferde angebunden, aus einem der Zelte hervor tönte die lustige Weise einer Zither und zweier schöner Männerstimmen. Meinem Bruder schien es, als ob Leute, die ein so fröhliches Lagerplätzchen sich erwählt hatten, nichts Böses gegen ihn im Sinne haben könnten, und er folgte also ohne Bangigkeit dem Ruf seiner Führer, die, als sie seine Bande gelöst hatten, ihm winkten, abzusteigen. Man führte ihn in ein Zelt, das größer als die übrigen und im Innern hübsch, fast zierlich aufgeputzt war. Prächtige, goldbestickte Polster, gewirkte Fußteppiche, übergoldete Rauchpfannen hätten anderswo Reichtum und Wohlleben verraten; hier schienen sie nur kühner Raub. Auf einem der Polster saß ein alter kleiner Mann; sein Gesicht war häßlich, seine Haut schwarzbraun und glänzend, und ein widriger Zug von tückischer Schlauheit um Augen und Mund machte seinen Anblick verhaßt. Obgleich sich dieser Mann einiges Ansehen zu geben suchte, so merkte doch Mustapha bald, daß nicht für ihn das Zelt so reich geschmückt sei, und die Unterredung seiner Führer schien seine Bemerkung zu bestätigen. "Wo ist der Starke?" fragten sie den Kleinen.

"Er ist auf der kleinen Jagd", antwortete jener, "aber er hat mir aufgetragen, seine Stelle zu versehen."

"Das hat er nicht gescheit gemacht", entgegnete einer der Räuber, "denn es muß sich bald entscheiden, ob dieser Hund sterben oder zahlen soll, und das weiß der Starke besser als du."

Der kleine Mann erhob sich im Gefühl seiner Würde, streckte sich lang aus, um mit der Spitze seiner Hand das Ohr seines Gegners zu erreichen, denn er schien Lust zu haben, sich durch einen Schlag zu rächen, als er aber sah, daß seine Bemühung fruchtlos sei, fing er an zu schimpfen (und wahrlich! Die anderen blieben ihm nichts schuldig), daß das Zelt von ihrem Streit erdröhnte. Da tat sich auf einmal die Türe des Zeltes auf, und herein trat ein hoher, stattlicher Mann, jung und schön wie ein Perserprinz; seine Kleidung und seine Waffen waren, außer einem reichbesetzten Dolch und einem glänzenden Säbel, gering und einfach; aber sein ernstes Auge, sein ganzer Anstand gebot Achtung, ohne Furcht einzuflößen.

"Wer ist's, der es wagt, in meinem Zelte Streit zu beginnen?" rief er den Erschrockenen zu. Eine Zeitlang herrschte tiefe Stille; endlich erzählte einer von denen, die Mustapha hergebracht hatten, wie es gegangen sei. Da schien sich das Gesicht "des Starken", wie sie ihn nannten, vor Zorn zu röten. "Wann hätte ich dich je an meine Stelle gesetzt, Hassan?" schrie er mit furchtbarer Stimme dem Kleinen zu. Dieser zog sich vor Furcht in sich selbst zusammen, daß er noch viel kleiner aussah als zuvor, und schlich sich der Zelttüre zu. Ein hinlänglicher Tritt des Starken machte, daß er in einem großen sonderbaren Sprung zur Zelttüre hinausflog.

Als der Kleine verschwunden war, führten die drei Männer Mustapha vor den Herrn des Zeltes, der sich indes auf die Polster gelegt hatte. "Hier bringen wir den, welchen du uns zu fangen befohlen hast."

Jener blickte den Gefangenen lange an und sprach sodann: "Bassa von Sulieika! Dein eigenes Gewissen wird dir sagen, warum du vor Orbasan stehst."

Als mein Bruder dies hörte, warf er sich nieder vor jenem und antwortete: "O Herr! Du scheinst im Irrtum zu sein. Ich bin ein armer Unglücklicher, aber nicht der Bassa, den du suchst!"

Alle im Zelt waren über diese Rede erstaunt. Der Herr des Zeltes aber sprach: "Es kann dir wenig helfen, dich zu verstellen; denn ich will die Leute vorführen, die dich wohl kennen." Er befahl, Zuleima vorzufahren. Man brachte ein altes Weib in das Zelt, das auf die Frage, ob sie in meinem Bruder nicht den Bassa von Sulieika erkenne, antwortete: "Jawohl!" Und sie schwöre es beim Grab des Propheten, es sei der Bassa und kein anderer.

"Siehst du, Erbärmlicher, wie deine List zu Wasser geworden ist!" begann zürnend der Starke. "Du bist mir zu elend, als daß ich meinen guten Dolch mit deinem Blut besudeln sollte, aber an den Schweif meines Rosses will ich dich binden, morgen, wenn die Sonne aufgeht, und durch die Wälder mit dir jagen, bis sie scheidet hinter die Hügel von Sulieika!"

Da sank meinem armen Bruder der Mut. "Das ist der Fluch meines harten Vaters, der mich zum schmachvollen Tode treibt", rief er weinend, "und auch du bist verloren, süße Schwester, auch du, Zoraide!"

"Deine Verstellung hilft dir nichts", sprach einer der Räuber, indem er ihm die Hände auf den Rücken band, "mach, daß du aus dem Zelte kommst! Denn der Starke beißt sich in die Lippen und blickt nach seinem Dolch. Wenn du noch eine Nacht leben willst, so komm!"

Als die Räuber gerade meinen Bruder aus dem Zelt führen wollten, begegneten sie drei anderen, die einen Gefangenen vor sich hintrieben. Sie traten mit ihm ein. "Hier bringen wir den Bassa, wie du uns befohlen hast", sprachen sie und führten den Gefangenen vor das Polster des Starken. Als der Gefangene dorthin geführt wurde, hatte mein Bruder Gelegenheit, ihn zu betrachten, und ihm selbst fiel die Ähnlichkeit auf, die dieser Mann mit ihm hatte, nur war er dunkler im Gesicht und hatte einen schwärzeren Bart.

Der Starke schien sehr erstaunt über die Erscheinung des zweiten Gefangenen. "Wer von euch ist denn der Rechte?" sprach er, indem er bald meinen Bruder, bald den anderen Mann ansah.

"Wenn du den Bassa von Sulieika meinst", antwortete in stolzem Ton der Gefangene, "der bin ich!" Der Starke sah ihn lange mit seinem ernsten, furchtbaren Blick an; dann winkte er schweigend, den Bassa wegzuführen.

Als dies geschehen war, ging er auf meinen Bruder zu, zerschnitt seine Bande mit dem Dolch und winkte ihm, sich zu ihm aufs Polster zu setzen. "Es tut mir leid, Fremdling", sagte er, "daß ich dich für jenes Ungeheuer hielt; schreibe es aber einer sonderbaren Fügung des Himmels zu, die dich gerade in der Stunde, welche dem Untergang jenes Verruchten geweiht war, in die Hände meiner Brüder führte." Mein Bruder bat ihn um die einzige Gunst, ihn gleich wieder weiterreisen zu lassen, weil jeder Aufschub ihm verderblich werden könne. Der Starke erkundigte sich nach seinen eiligen Geschäften, und als ihm Mustapha alles erzählt hatte, überredete ihn jener, diese Nacht in seinem Zelt zu bleiben, er und sein Roß werden der Ruhe bedürfen; den folgenden Tag aber wolle er ihm einen Weg zeigen, der ihn in anderthalb Tagen nach Balsora bringe—Mein Bruder schlug ein, wurde trefflich bewirtet und schlief sanft bis zum Morgen in dem Zelt des Räubers.

Als er aufgewacht war, sah er sich ganz allein im Zelt; vor dem Vorhang des Zeltes aber hörte er mehrere Stimmen zusammen sprechen, die dem Herrn des Zeltes und dem kleinen schwarzbraunen Mann anzugehören schienen. Er lauschte ein wenig und hörte zu seinem Schrecken, daß der Kleine dringend den anderen aufforderte, den Fremden zu töten, weil er, wenn er freigelassen würde, sie alle verraten könnte.

Mustapha merkte gleich, daß der Kleine ihm gram sei, weil er die Ursache war, daß er gestern so übel behandelt wurde; der Starke schien sich einige Augenblicke zu besinnen. "Nein", sprach er, "er ist mein Gastfreund, und das Gastrecht ist mir heilig; auch sieht er mir nicht aus, als ob er uns verraten wollte. "

Als er so gesprochen, schlug er den Vorhang zurück und trat ein. "Friede sei mit dir, Mustapha! " sprach er, "laß uns den Morgentrunk kosten, und rüste dich dann zum Aufbruch! " Er reichte meinem Bruder einen Becher Sorbet, und als sie getrunken hatten, zäumten sie die Pferde auf, und wahrlich, mit leichterem Herzen, als er gekommen war, schwang sich Mustapha aufs Pferd. Sie hatten bald die Zelte im Rücken und schlugen dann einen breiten Pfad ein, der in den Wald führte. Der Starke erzählte meinem Bruder, daß jener Bassa, den sie auf der Jagd gefangen hätten, ihnen versprochen habe, sie ungefährdet in seinem Gebiete zu dulden; vor einigen Wochen aber habe er einen ihrer tapfersten Männer aufgefangen und nach den schrecklichsten Martern aufhängen lassen. Er habe ihm nun lange auflauern lassen, und heute noch müsse er sterben. Mustapha wagte es nicht, etwas dagegen einzuwenden; denn er war froh, selbst mit heiler Haut davongekommen zu sein.

Am Ausgang des Waldes hielt der Starke sein Pferd an, beschrieb meinem Bruder den Weg, bot ihm die Hand zum Abschied und sprach: "Mustapha, du bist auf sonderbare Weise der Gastfreund des Räubers Orbasan geworden; ich will dich nicht auffordern, nicht zu verraten, was du gesehen und gehört hast. Du hast ungerechterweise Todesangst ausgestanden, und ich bin dir Vergütung schuldig. Nimm diesen Dolch als Andenken, und so du Hilfe brauchst, so sende ihn mir zu, und ich will eilen, dir beizustehen. Diesen Beutel aber kannst du vielleicht zu deiner Reise brauchen. " Mein Bruder dankte ihm für seinen Edelmut; er nahm den Dolch, den Beutel aber schlug er aus. Doch Orbasan drückte ihm noch einmal die Hand, ließ den Beutel auf die Erde fallen und sprengte mit Sturmeseile in den Wald. Als Mustapha sah, daß er ihn doch nicht mehr werde einholen können, stieg er ab, um den Beutel aufzuheben, und erschrak über die Größe von seines Gastfreundes Großmut; denn der Beutel enthielt eine Menge Gold. Er dankte Allah für seine Rettung, empfahl ihm den edlen Räuber in seine Gnade und zog dann heiteren Mutes weiter auf seinem Wege nach Balsora.

Lezah schwieg und sah Achmet, den alten Kaufmann, fragend an. "Nein, wenn es so ist", sprach dieser, "so verbessere ich gern mein Urteil von Orbasan; denn wahrlich, an deinem Bruder hat er schön gehandelt. "

"Er hat getan wie ein braver Muselmann", rief Muley; "aber ich hoffe, du hast deine Geschichte damit nicht geschlossen; denn wie mich bedünkt, sind wir alle begierig, weiter zu hören, wie es deinem Bruder erging und ob er Fatme, deine Schwester, und die schöne Zoraide befreit hat. "

"Wenn ich euch nicht damit langweile, erzähle ich gerne weiter", entgegnete Lezah, "denn die Geschichte meines Bruders ist allerdings abenteuerlich und wundervoll. "

Am Mittag des siebenten Tages nach seiner Abreise zog Mustapha in die Tore von Balsora ein. Sobald er in einer Karawanserei abgestiegen war, fragte er, wann der Sklavenmarkt, der alljährlich hier gehalten werde, anfange. Aber er erhielt die Schreckensantwort, daß er zwei Tage zu spät komme. Man bedauerte seine Verspätung und erzählte ihm, daß er viel verloren habe; denn noch an dem letzten Tage des Marktes seien zwei Sklavinnen angekommen, von so hoher Schönheit, daß sie die Augen aller Käufer auf sich gezogen hätten. Man habe sich ordentlich um sie gerissen und geschlagen, und sie seien freilich auch zu einem so hohen Preise verkauft worden, daß ihn nur ihr jetziger Herr nicht habe scheuen können. Er erkundigte sich näher nach diesen beiden, und es blieb ihm kein Zweifel, daß es die Unglücklichen seien, die er suchte. Auch erfuhr er, daß der Mann, der sie beide gekauft habe, vierzig Stunden von Balsora wohne und Thiuli-Kos heiße, ein vornehmer, reicher, aber schon ältlicher Mann, der früher Kapudan-Bassa des Großherrn gewesen, jetzt aber sich mit seinen gesammelten Reichtümern zur Ruhe gesetzt habe.

Mustapha wollte von Anfang sich gleich wieder zu Pferd setzen, um dem Thiuli-Kos, der kaum einen Tag Vorsprung haben konnte, nachzueilen. Als er aber bedachte, daß er als einzelner Mann dem mächtigen Reisenden doch nichts anhaben noch weniger seine Beute ihm abjagen konnte, sann er auf einen anderen Plan und hatte ihn auch bald gefunden. Die Verwechslung mit dem Bassa von Sulieika, die ihm beinahe so gefährlich geworden wäre, brachte ihn auf den Gedanken, unter diesem Namen in das Haus des Thiuli-Kos zu gehen und so einen Versuch zur Rettung der beiden unglücklichen Mädchen zu wagen. Er mietete daher einige Diener und Pferde, wobei ihm Orbasans Geld trefflich zustatten kam, schaffte sich und seinen Dienern prächtige Kleider an und machte sich auf den Weg nach dem Schlosse Thiulis. Nach fünf Tagen war er in die Nähe dieses Schlosses gekommen. Es lag in einer schönen Ebene und war rings von hohen Mauern umschlossen, die nur ganz wenig von den Gebäuden überragt wurden. Als Mustapha dort angekommen war, färbte er Haar und Bart schwarz, sein Gesicht aber bestrich er mit dem Saft einer Pflanze, die ihm eine bräunliche Farbe gab, ganz wie sie jener Bassa gehabt hatte. Er schickte hierauf einen seiner Diener in das Schloß und ließ im Namen des Bassa von Sulieika um ein Nachtlager bitten. Der Diener kam bald wieder, und mit ihm vier schöngekleidete Sklaven, die Mustaphas Pferd am Zügel nahmen und in den Schloßhof führten. Dort halfen sie ihm selbst vom Pferd, und vier andere geleiteten ihn eine breite Marmortreppe hinauf zu Thiuli.

Dieser, ein alter, lustiger Geselle, empfing meinen Bruder ehrerbietig und ließ ihm das Beste, was sein Koch zubereiten konnte, aufsetzen. Nach Tisch brachte Mustapha das Gespräch nach und nach auf die neuen Sklavinnen, und Thiuli rühmte ihre Schönheit und beklagte nur, daß sie immer so traurig seien; doch er glaubte, dieses würde sich bald geben. Mein Bruder war sehr vergnügt über diesen Empfang und legte sich mit den schönsten Hoffnungen zur Ruhe nieder.

Er mochte ungefähr eine Stunde geschlafen haben, da weckte ihn der Schein einer Lampe, der blendend auf sein Auge fiel. Als er sich aufrichtete, glaubte er noch zu träumen; denn vor ihm stand jener kleine, schwarzbraune Kerl aus Orbasans Zelt, eine Lampe in der Hand, sein breites Maul zu einem widrigen Lächeln verzogen. Mustapha zwickte sich in den Arm, zupfte sich an der Nase, um sich zu überzeugen, ob er denn wache; aber die Erscheinung blieb wie zuvor. "Was willst du an meinem Bette? " rief Mustapha, als er sich von seinem Erstaunen erholt hatte.

"Bemühet Euch doch nicht so, Herr! " sprach der Kleine. "Ich habe wohl erraten, weswegen Ihr hierherkommt. Auch war mir Euer wertes Gesicht noch wohl erinnerlich; doch wahrlich, wenn ich nicht den Bassa mit eigener Hand hätte erhängen helfen, so hättet Ihr mich vielleicht getäuscht. Jetzt aber bin ich da, um eine Frage zu machen."

"Vor allem sage, wie du hierherkommst", entgegnete ihm Mustapha voll Wut, daß er verraten war.

"Das will ich Euch sagen", antwortete jener, "ich konnte mich mit dem Starken nicht länger vertragen, deswegen floh ich; aber du, Mustapha, warst eigentlich die Ursache unseres Streites, und dafür mußt du mir deine Schwester zur Frau geben, und ich will Euch zur Flucht behilflich sein; gibst du sie nicht, so gehe ich zu meinem neuen Herrn und erzähle ihm etwas von dem neuen Bassa. "

Mustapha war vor Schrecken und Wut außer sich; jetzt, wo er sich am sicheren Ziel seiner Wünsche glaubte, sollte dieser Elende kommen und sie vereiteln; es war nur ein Mittel, das seinen Plan retten konnte: Er mußte das kleine Ungetüm töten. Mit einem Sprung fuhr er daher aus dem Bette auf den Kleinen zu; doch dieser, der etwas Solches geahnt haben mochte, ließ die Lampe fallen, daß sie verlöschte, und entsprang im Dunkeln, indem er mörderisch um Hilfe schrie.

Jetzt war guter Rat teuer; die Mädchen mußte er für den Augenblick aufgeben und nur auf die eigene Rettung denken; daher ging er an das Fenster, um zu sehen, ob er nicht entspringen könnte. Es war eine ziemliche Tiefe bis zum Boden, und auf der anderen Seite stand eine hohe Mauer, die zu übersteigen war. Sinnend stand er an dem Fenster; da hörte er viele Stimmen sich seinem Zimmer nähern; schon waren sie an der Türe; da faßte er verzweiflungsvoll seinen Dolch und seine Kleider und schwang sich zum Fenster hinaus. Der Fall war hart; aber er fühlte, daß er kein Glied gebrochen hatte; drum sprang er auf und lief der Mauer zu, die den Hof umschloß, stieg, zum Erstaunen seiner Verfolger, hinauf und befand sich bald im Freien. Er floh, bis er an einen kleinen Wald kam, wo er sich erschöpft niederwarf. Hier überlegte er, was zu tun sei.

Seine Pferde und seine Diener hatte er im Stiche lassen müssen; aber sein Geld, das er in dem Gürtel trug, hatte er gerettet.

Sein erfinderischer Kopf zeigte ihm bald einen anderen Weg zur Rettung. Er ging in dem Wald weiter, bis er an ein Dorf kam, wo er um geringen Preis ein Pferd kaufte, das ihn in Bälde in eine Stadt trug. Dort forschte er nach einem Arzt, und man riet ihm einen alten, erfahrenen Mann. Diesen bewog er durch einige Goldstücke, daß er ihm eine Arznei mitteilte, die einen todähnlichen Schlaf herbeiführte, der durch ein anderes Mittel augenblicklich wieder gehoben werden könnte. Als er im Besitz dieses Mittels war, kaufte er sich einen langen falschen Bart, einen schwarzen Talar und allerlei Büchsen und Kolben, so daß er füglich einen reisenden Arzt vorstellen konnte, lud seine Sachen auf einen Esel und reiste in das Schloß des Thiuli-Kos zurück. Er durfte gewiß sein, diesmal nicht erkannt zu werden, denn der Bart entstellte ihn so, daß er sich selbst kaum mehr kannte. Bei Thiuli angekommen, ließ er sich als den Arzt Chakamankabudibaba anmelden, und, wie er es gedacht hatte, geschah es; der prachtvolle Namen empfahl ihn bei dem alten Narren ungemein, so daß er ihn gleich zur Tafel einlud.

Chakamankabudibaba erschien vor Thiuli, und als sie sich kaum eine Stunde besprochen hatten, beschloß der Alte, alle seine Sklavinnen der Kur des weisen Arztes zu unterwerfen. Dieser konnte seine Freude kaum verbergen, daß er jetzt seine geliebte Schwester wiedersehen solle, und folgte mit klopfendem Herzen Thiuli, der ihn ins Serail führte. Sie waren in ein Zimmer gekommen, das schön ausgeschmückt war, worin sich aber niemand befand. "Chambaba oder wie du heißt, lieber Arzt", sprach Thiuli-Kos, "betrachte einmal jenes Loch dort in der Mauer, dort wird jede meiner Sklavinnen einen Arm herausstrecken, und du kannst dann untersuchen, ob der Puls krank oder gesund ist." Mustapha mochte einwenden, was er wollte, zu sehen bekam er sie nicht; doch willigte Thiuli ein, daß er ihm allemal sagen wolle, wie sie sich sonst gewöhnlich befänden. Thiuli zog nun einen langen Zettel aus dem Gürtel und begann mit lauter Stimme seine Sklavinnen einzeln beim Namen zu rufen, worauf allemal eine Hand aus der Mauer kam und der Arzt den Puls untersuchte. Sechs waren schon abgelesen und sämtlich für gesund erklärt; da las Thiuli als die siebente "Fatme" ab, und eine kleine weiße Hand schlüpfte aus der Mauer. Zitternd vor Freude, ergreift Mustapha diese Hand und erklärt sie mit wichtiger Miene für bedeutend krank. Thiuli ward sehr besorgt und befahl seinem weisen Chakamankabudibaba, schnell eine Arznei für sie zu bereiten. Der Arzt ging hinaus, schrieb auf einen kleinen Zettel: Fatme! Ich will Dich retten, wenn Du Dich entschließen kannst, eine Arznei zu nehmen, die Dich auf zwei Tage tot macht; doch ich besitze das Mittel, Dich wieder zum Leben zu bringen. Willst Du, so sage nur, dieser Trank habe nicht geholfen, und es soll mir ein Zeichen sein, daß Du einwilligst.

Bald kam er in das Zimmer zurück, wo Thiuli seiner harrte. Er brachte ein unschädliches Tränklein mit, fühlte der kranken Fatme noch einmal den Puls und schob ihr zugleich den Zettel unter ihr Armband; das Tränklein aber reichte er ihr durch die Öffnung in der Mauer. Thiuli schien in großen Sorgen wegen Fatme zu sein und schob die Untersuchung der übrigen bis auf eine gelegenere Zeit auf.

Als er mit Mustapha das Zimmer verlassen hatte, sprach er in traurigem Ton: "Chadibaba, sage aufrichtig, was hältst du von Fatmes Krankheit? "

Chakamankabudibaba antwortete mit einem tiefen Seufzer: "Ach Herr, möge der Prophet dir Trost verleihen! Sie hat ein schleichendes Fieber, das ihr wohl den Garaus machen kann. " Da entbrannte der Zorn Thiulis: "Was sagst du, verfluchter Hund von einem Arzt? Sie, um die ich zweitausend Goldstücke gab, soll mir sterben wie eine Kuh? Wisse, wenn du sie nicht rettest, so hau' ich dir den Kopf ab! " Da merkte mein Bruder, daß er einen dummen Streich gemacht habe, und gab Thiuli wieder Hoffnung. Als sie noch so sprachen, kam ein schwarzer Sklave aus dem Serail, dem Arzt zu sagen, daß das Tränklein nicht geholfen habe. "Biete deine ganze Kunst auf, Chakamdababelba, oder wie du dich schreibst, ich zahle dir, was du willst", schrie Thiuli-Kos, fast heulend vor Angst, so viel Gold zu verlieren.

"Ich will ihr ein Säftlein geben, das sie von aller Not befreit", antwortete der Arzt.

"Ja! Ja! Gib ihr ein Säftlein", schluchzte der alte Thiuli.

Frohen Mutes ging Mustapha, seinen Schlaftrunk zu holen, und als er ihn dem schwarzen Sklaven gegeben und gezeigt hatte, wieviel man auf einmal nehmen müsse, ging er zu Thiuli und sagte, er müsse noch einige heilsame Kräuter am See holen, und eilte zum Tor hinaus. An dem See, der nicht weit von dem Schloß entfernt war, zog er seine falschen Kleider aus und warf sie ins Wasser, daß sie lustig umherschwammen; er selbst aber verbarg sich im Gesträuch, wartete die Nacht ab und schlich sich dann in den Begräbnisplatz an dem Schlosse Thiulis.

Als Mustapha kaum eine Stunde lang aus dem Schloß abwesend sein mochte, brachte man Thiuli die schreckliche Nachricht, daß seine Sklavin Fatme im Sterben liege. Er schickte hinaus an den See, um schnell den Arzt zu holen; aber bald kehrten seine Boten allein zurück und erzählten ihm, daß der arme Arzt ins Wasser gefallen und ertrunken sei; seinen schwarzen Talar sehe man im See schwimmen, und hier und da gucke auch sein stattlicher Bart aus den Wellen hervor. Als Thiuli keine Rettung mehr sah, verwünschte er sich und die ganze Welt, raufte sich den Bart aus und rannte mit dem Kopf gegen die Mauer. Aber alles dies konnte nichts helfen; denn Fatme gab bald unter den Händen der übrigen Weiber den Geist auf. Als Thiuli die Nachricht ihres Todes hörte, befahl er, schnell einen Sarg zu machen; denn er konnte keinen Toten im Hause leiden und ließ den Leichnam in das Begräbnishaus tragen. Die Träger brachten den Sarg dorthin, setzten ihn schnell nieder und entflohen, denn sie hatten unter den übrigen Särgen Stöhnen und Seufzen gehört.

Mustapha, der sich hinter den Särgen verborgen und von dort aus die Träger des Sarges in die Flucht gejagt hatte, kam hervor und zündete sich eine Lampe an, die er zu diesem Zweck mitgebracht hatte. Dann zog er ein Glas hervor, das die erweckende Arznei enthielt, und hob dann den Deckel von Fatmes Sarg. Aber welches Entsetzen befiel ihn, als sich ihm beim Scheine der Lampe ganz fremde Züge zeigten! Weder meine Schwester noch Zoraide, sondern eine ganz andere lag in dem Sarg. Er brauchte lange, um sich von dem neuen Schlag des Schicksals zu fassen; endlich überwog doch Mitleid seinen Zorn. Er öffnete sein Glas und flößte ihr die Arznei ein. Sie atmete, sie schlug die Augen auf und schien sich lange zu besinnen, wo sie sei. Endlich erinnerte sie sich des Vorgefallenen; sie stand auf aus dem Sarg und stürzte zu Mustaphas Füßen. "Wie kann ich dir danken, gütiges Wesen", rief sie aus, "daß du mich aus meiner schrecklichen Gefangenschaft befreitest! " Mustapha unterbrach ihre Danksagungen mit der Frage, wie es denn geschehen sei, daß sie und nicht Fatme, seine Schwester, gerettet worden sei? Jene sah ihn staunend an. "Jetzt wird mir meine Rettung erst klar, die mir vorher unbegreiflich war", antwortete sie; "wisse, man hieß mich in jenem Schloß Fatme, und mir hast du deinen Zettel und den Rettungstrank gegeben. " Mein Bruder forderte die Gerettete auf, ihm von seiner Schwester und Zoraide Nachricht zu geben, und erfuhr, daß sie sich beide im Schloß befanden, aber nach der Gewohnheit Thiulis andere Namen bekommen hatten; sie hießen jetzt Mirza und Nurmahal. "

Als Fatme, die gerettete Sklavin, sah, daß mein Bruder durch diesen Fehlgriff so niedergeschlagen sei, sprach sie ihm Mut ein und versprach, ihm ein Mittel zu sagen, wie er jene beiden Mädchen dennoch retten könne. Aufgeweckt durch diesen Gedanken, schöpfte Mustapha von neuem Hoffnung und bat sie, dieses Mittel ihm zu nennen, und sie sprach:

"Ich bin zwar erst seit fünf Monaten die Sklavin Thiulis, doch habe ich gleich von Anfang auf Rettung gesonnen; aber für mich allein war sie zu schwer. In dem inneren Hof des Schlosses wirst du einen Brunnen bemerkt haben, der aus zehn Röhren Wasser speit; dieser Brunnen fiel mir auf. Ich erinnerte mich, in dem Hause meines Vaters einen ähnlichen gesehen zu haben, dessen Wasser durch eine geräumige Wasserleitung herbeiströmt; um nun zu erfahren, ob dieser Brunnen auch so gebaut ist, rühmte ich eines Tages vor Thiuli seine Pracht und fragte nach seinem Baumeister. *Ich selbst habe ihn gebaut*, antwortete er, *und das, was du hier siehst, ist noch das Geringste; aber das Wasser dazu kommt wenigstens tausend Schritte weit von einem Bach her und geht durch eine gewölbte Wasserleitung, die wenigstens mannshoch ist; und alles dies habe ich selbst angegeben. * Als ich dies gehört hatte, wünschte ich mir oft, nur auf einen Augenblick die Stärke eines Mannes zu haben, um einen Stein an der Seite des Brunnens ausheben zu können; dann könnte ich fliehen, wohin ich wollte. Die Wasserleitung nun will ich dir zeigen; durch sie kannst du nachts in das Schloß gelangen und jene befreien. Aber du mußt wenigstens noch zwei Männer bei dir haben, um die Sklaven, die das Serail bei Nacht bewachen, zu überwältigen. "

So sprach sie; mein Bruder Mustapha aber, obgleich schon zweimal in seinen Hoffnungen getäuscht, faßte noch einmal Mut und hoffte mit Allahs Hilfe den Plan der Sklavin auszuführen. Er versprach ihr, für ihr weiteres Fortkommen in ihre Heimat zu sorgen, wenn sie ihm behilflich sein wollte, ins Schloß zu gelangen. Aber ein Gedanke machte ihm noch Sorge, nämlich der, woher er zwei oder drei treue Gehilfen bekommen könnte. Da fiel ihm Orbasans Dolch ein und das Versprechen, das ihm jener gegeben hatte, ihm, wo er seiner bedürfe, zu Hilfe zu eilen, und er machte sich daher mit Fatme aus dem Begräbnis auf, um den Räuber aufzusuchen.

In der nämlichen Stadt, wo er sich zum Arzt umgewandelt hatte, kaufte er um sein letztes Geld ein Roß und mietete Fatme bei einer armen Frau in der Vorstadt ein. Er selbst aber eilte dem Gebirge zu, wo er Orbasan zum erstenmal getroffen hatte, und gelangte in drei Tagen dahin. Er fand bald wieder jene Zelte und trat unverhofft vor Orbasan, der ihn freundlich bewillkommnete. Er erzählte ihm seine mißlungenen Versuche, wobei sich der ernsthafte Orbasan nicht enthalten konnte, hier und da ein wenig zu lachen, besonders, wenn er sich den Arzt Chakamankabudibaba dachte. Über die Verräterei des Kleinen aber war er wütend; er schwur, ihn mit eigener Hand aufzuhängen, wo er ihn finde. Meinem Bruder aber versprach er, sogleich zur Hilfe bereit zu sein, wenn er sich vorher von der Reise gestärkt haben würde. Mustapha blieb daher diese Nacht wieder in Orbasans Zelt; mit dem ersten Frührot aber brachen sie auf, und Orbasan nahm drei seiner tapfersten Männer, wohl beritten und bewaffnet, mit sich. Sie ritten stark zu und kamen nach zwei Tagen in die kleine Stadt, wo Mustapha die gerettete Fatme zurückgelassen hatte. Von da aus reisten sie mit dieser weiter bis zu dem kleinen Wald, von wo aus man das Schloß Thiulis in geringer Entfernung sehen konnte; dort lagerten sie sich, um die Nacht abzuwarten.

Sobald es dunkel wurde, schlichen sie sich, von Fatme geführt, an den Bach, wo die Wasserleitung anfing, und fanden diese bald. Dort ließen sie Fatme und einen Diener mit den Rossen zurück und schickten sich an, hinabzusteigen; ehe sie aber hinabstiegen, wiederholte ihnen Fatme noch einmal alles genau, nämlich: daß sie durch den Brunnen in den inneren Schloßhof kämen, dort seien rechts und links in der Ecke zwei Türme, in der sechsten Türe, vom Turme rechts gerechnet, befänden sich Fatme und Zoraide, bewacht von zwei schwarzen Sklaven. Mit Waffen und Brecheisen wohl versehen, stiegen Mustapha, Orbasan und zwei andere Männer hinab in die Wasserleitung; sie sanken zwar bis an den Gürtel ins Wasser; aber nichtsdestoweniger gingen sie rüstig vorwärts. Nach einer halben Stunde kamen sie an den Brunnen selbst und setzten sogleich ihre Brecheisen an. Die Mauer war dick und fest; aber den vereinten Kräften der vier Männer konnte sie nicht lange widerstehen; bald hatten sie eine Öffnung eingebrochen, groß genug, um bequem durchschlüpfen zu können. Orbasan schlüpfte zuerst durch und half den anderen nach. Als sie alle im Hof waren, betrachteten sie die Seite des Schlosses, die vor ihnen lag, um die beschriebene Türe zu erforschen. Aber sie waren nicht einig, welche es sei; denn als sie von dem rechten Turm zum linken zählten, fanden sie eine Türe, die zugemauert war, und wußten nun nicht, ob Fatme diese übersprungen oder mitgezählt habe. Aber Orbasan besann sich nicht lange. "Mein gutes Schwert wird mir jede Tür öffnen", rief er aus, ging auf die sechste Türe zu, und die anderen folgten ihm.

Sie öffneten die Türe und fanden sechs schwarze Sklaven auf dem Boden liegend und schlafend; sie wollten schon wieder leise sich zurückziehen, weil sie sahen, daß sie die rechte Türe verfehlt hatten, als eine Gestalt in der Ecke sich aufrichtete und mit wohlbekannter Stimme um Hilfe rief. Es war der Kleine aus Orbasans Lager. Aber ehe noch die Schwarzen recht wußten, wie ihnen geschah, stürzte Orbasan auf den Kleinen zu, riß seinen Gürtel entzwei, verstopfte ihm den Mund und band ihm die Hände auf den Rücken; dann wandte er sich an die Sklaven, wovon schon einige von Mustapha und den zwei anderen halb gebunden waren, und half sie vollends überwältigen. Man setzte den Sklaven den Dolch auf die Brust und fragte sie, wo Nurmahal und Nürza wären, und sie gestanden, daß sie im Gemach nebenan seien. Mustapha stürzte in das Gemach und fand Fatme und Zoraide, die der Lärm erweckt hatte. Schnell rafften diese ihren Schmuck und ihre Kleider zusammen und folgten Mustapha; die beiden Räuber schlugen indes Orbasan vor, zu plündern, was man fände; doch dieser verbot es ihnen und sprach: "Man soll nicht von Orbasan sagen können, daß er nachts in die Häuser steige, um Gold zu stehlen!" Mustapha und die Geretteten schlüpften schnell in die Wasserleitung, wohin ihnen Orbasan sogleich zu folgen versprach. Als jene in die Wasserleitung hinabgestiegen waren, nahmen Orbasan und einer der Räuber den Kleinen und führten ihn hinaus in den Hof; dort banden sie ihm eine seidene Schnur, die sie deshalb mitgenommen hatten, um den Hals und hingen ihn an der höchsten Spitze des Brunnens auf. Nachdem sie so den Verrat des Elenden bestraft hatten, stiegen sie selbst hinab in die Wasserleitung und folgten Mustapha. Mit Tränen dankten die beiden ihrem edelmütigen Retter Orbasan; doch dieser trieb sie eilends zur Flucht an, denn es war sehr wahrscheinlich, daß sie Thiuli-Kos nach allen Seiten verfolgen ließ. Mit tiefer Rührung trennten sich am anderen Tag Mustapha und seine Geretteten von Orbasan; wahrlich, sie werden ihn nie vergessen. Fatme aber, die befreite Sklavin, ging verkleidet nach Balsora, um sich dort in ihre Heimat einzuschiffen.

Nach einer kurzen und vergnügten Reise kamen die Meinigen in die Heimat. Meinen alten Vater tötete beinahe die Freude des Wiedersehens; den anderen Tag nach ihrer Ankunft veranstaltete er ein großes Fest, an welchem die ganze Stadt teilnahm. Vor einer großen Versammlung von Verwandten und Freunden mußte mein Bruder seine Geschichte erzählen, und einstimmig priesen sie ihn und den edlen Räuber.

Als aber mein Bruder geschlossen hatte, stand mein Vater auf und führte Zoraide ihm zu. "So löse ich denn", sprach er mit feierlicher Stimme, "den Fluch von deinem Haupte; nimm diese hin als die Belohnung, die du dir durch deinen rastlosen Eifer erkämpft hast; nimm meinen väterlichen Segen, und möge es nie unserer Stadt an Männern fehlen, die an brüderlicher Liebe, an Klugheit und Eifer dir gleichen! "

Die Karawane hatte das Ende der Wüste erreicht, und fröhlich begrüßten die Reisenden die grünen Matten und die dichtbelaubten Bäume, deren lieblichen Anblick sie viele Tage entbehrt hatten. In einem schönen Tale lag eine Karawanserei, die sie sich zum Nachtlager wählten, und obgleich sie wenig Bequemlichkeit und Erfrischung darbot, so war doch die ganze Gesellschaft heiterer und zutraulicher als je; denn der Gedanke, den Gefahren und Beschwerlichkeiten, die eine Reise durch die Wüste mit sich bringt, entronnen zu sein, hatte alle Herzen geöffnet und die Gemüter zu Scherz und Kurzweil gestimmt. Muley, der junge lustige Kaufmann, tanzte einen komischen Tanz und sang Lieder dazu, die selbst dem ernsten Griechen Zaleukos ein Lächeln entlockten. Aber nicht genug, daß er seine Gefährten durch Tanz und Spiel erheitert hatte, er gab ihnen auch noch die Geschichte zum besten, die er ihnen versprochen hatte, und hub, als er von seinen Luftsprüngen sich erholt hatte, also zu erzählen an: Die Geschichte von dem kleinen Muck.

Märchen-Almanach auf das Jahr 1826

Die Geschichte von dem kleinen Muck

In Nicea, meiner lieben Vaterstadt, wohnte ein Mann, den man den kleinen Muck hieß. Ich kann mir ihn, ob ich gleich damals noch sehr jung war, noch recht wohl denken, besonders weil ich einmal von meinem Vater wegen seiner halbtot geprügelt wurde. Der kleine Muck nämlich war schon ein alter Geselle, als ich ihn kannte; doch war er nur drei bis vier Schuh hoch, dabei hatte er eine sonderbare Gestalt, denn sein Leib, so klein und zierlich er war, mußte einen Kopf tragen, viel größer und dicker als der Kopf anderer Leute; er wohnte ganz allein in einem großen Haus und kochte sich sogar selbst, auch hätte man in der Stadt nicht gewußt, ob er lebe oder gestorben sei, denn er ging nur alle vier Wochen einmal aus, wenn nicht um die Mittagsstunde ein mächtiger Dampf aus dem Hause aufgestiegen wäre, doch sah man ihn oft abends auf seinem Dache auf und ab gehen, von der Straße aus glaubte man aber, nur sein großer Kopf allein laufe auf dem Dache umher. Ich und meine Kameraden waren böse Buben, die jedermann gerne neckten und belachten, daher war es uns allemal ein Festtag, wenn der kleine Muck ausging; wir versammelten uns an dem bestimmten Tage vor seinem Haus und warteten, bis er herauskam; wenn dann die Türe aufging und zuerst der große Kopf mit dem noch größeren Turban herausguckte, wenn das übrige Körperlein nachfolgte, angetan mit einem abgeschabten Mäntelein, weiten Beinkleidern und einem breiten Gürtel, an welchem ein langer Dolch hing, so lang, daß man nicht wußte, ob Muck an dem Dolch, oder der Dolch an Muck stak, wenn er so heraustrat, da ertönte die Luft von unserem Freudengeschrei, wir warfen unsere Mützen in die Höhe und tanzten wie toll um ihn her. Der kleine Muck aber grüßte uns mit ernsthaftem Kopfnicken und ging mit langsamen Schritten die Straße hinab. Wir Knaben liefen hinter ihm her und schrien immer: "Kleiner Muck, kleiner Muck! " Auch hatten wir ein lustiges Verslein, das wir ihm zu Ehren hier und da sangen; es hieß:

"Kleiner Muck, kleiner Muck,
Wohnst in einem großen Haus,
Gehst nur all vier Wochen aus,

Bist ein braver, kleiner Zwerg,
Hast ein Köpflein wie ein Berg,
Schau dich einmal um und guck,
Lauf und fang uns, kleiner Muck!"

So hatten wir schon oft unsere Kurzweil getrieben, und zu meiner Schande muß ich es gestehen, ich trieb's am ärgsten; denn ich zupfte ihn oft am Mäntelein, und einmal trat ich ihm auch von hinten auf die großen Pantoffeln, daß er hinfiel. Dies kam mir nun höchst lächerlich vor, aber das Lachen verging mir, als ich den kleinen Muck auf meines Vaters Haus zugehen sah. Er ging richtig hinein und blieb einige Zeit dort. Ich versteckte mich an der Haustüre und sah den Muck wieder herauskommen, von meinem Vater begleitet, der ihn ehrerbietig an der Hand hielt und an der Türe unter vielen Bücklingen sich von ihm verabschiedete. Mir war gar nicht wohl zumute; ich blieb daher lange in meinem Versteck; endlich aber trieb mich der Hunger, den ich ärger fürchtete als Schläge, heraus, und demütig und mit gesenktem Kopf trat ich vor meinen Vater. "Du hast, wie ich höre, den guten Muck beschimpft? " sprach er in sehr ernstem Tone. "Ich will dir die Geschichte dieses Muck erzählen, und du wirst ihn gewiß nicht mehr auslachen; vor- und nachher aber bekommst du das Gewöhnliche. " Das Gewöhnliche aber waren fünfundzwanzig Hiebe, die er nur allzu richtig aufzuzählen pflegte. Er nahm daher sein langes Pfeifenrohr, schraubte die Bernsteinmundspitze ab und bearbeitete mich ärger als je zuvor.

Als die Fünfundzwanzig voll waren, befahl er mir, aufzumerken, und erzählte mir von dem kleinen Muck:

Der Vater des kleinen Muck, der eigentlich Muckrah heißt, war ein angesehener, aber armer Mann hier in Nicea. Er lebte beinahe so einsiedlerisch wie jetzt sein Sohn. Diesen konnte er nicht wohl leiden, weil er sich seiner Zwerggestalt schämte, und ließ ihn daher auch in Unwissenheit aufwachsen. Der kleine Muck war noch in seinem sechzehnten Jahr ein lustiges Kind, und der Vater, ein ernster Mann, tadelte ihn immer, daß er, der schon längst die Kinderschuhe zertreten haben sollte, noch so dumm und läppisch sei.

Der Alte tat aber einmal einen bösen Fall, an welchem er auch starb und den kleinen Muck arm und unwissend zurückließ. Die harten Verwandten, denen der Verstorbene mehr schuldig war, als er bezahlen konnte, jagten den armen Kleinen aus dem Hause und rieten ihm, in die Welt hinauszugehen und sein Glück zu suchen. Der kleine Muck antwortete, er sei schon reisefertig, bat sich aber nur noch den Anzug seines Vaters aus, und dieser wurde ihm auch bewilligt. Sein Vater war ein großer, starker Mann gewesen, daher paßten die Kleider nicht. Muck aber wußte bald Rat; er schnitt ab, was zu lang war, und zog dann die Kleider an. Er schien aber vergessen zu haben, daß er auch in der Weite davon schneiden müsse, daher sein sonderbarer Aufzug, wie er noch heute zu sehen ist; der große Turban, der breite Gürtel, die weiten Hosen, das blaue Mäntelein, alles dies sind Erbstücke seines Vaters, die er seitdem getragen; den langen Damaszenerdolch seines Vaters aber steckte er in den Gürtel, ergriff ein Stöcklein und wanderte zum Tor hinaus.

Fröhlich wanderte er den ganzen Tag; denn er war ja ausgezogen, um sein Glück zu suchen; wenn er eine Scherbe auf der Erde im Sonnenschein glänzen sah, so steckte er sie gewiß zu sich, im Glauben, daß sie sich in den schönsten Diamanten verwandeln werde; sah er in der Ferne die Kuppel einer Moschee wie Feuer strahlen, sah er einen See wie einen Spiegel blinken, so eilte er voll Freude darauf zu; denn er dachte, in einem Zauberland angekommen zu sein. Aber ach! Jene Trugbilder verschwanden in der Nähe, und nur allzubald erinnerten ihn seine Müdigkeit und sein vor Hunger knurrender Magen, daß er noch im Lande der Sterblichen sich befinde. So war er zwei Tage gereist unter Hunger und Kummer und verzweifelte, sein Glück zu finden; die Früchte des Feldes waren seine einzige Nahrung, die harte Erde sein Nachtlager. Am Morgen des dritten Tages erblickte er von einer Anhöhe eine große Stadt.

Hell leuchtete der Halbmond auf ihren Zinnen, bunte Fahnen schimmerten auf den Dächern und schienen den kleinen Muck zu sich herzuwinken. Überrascht stand er stille und betrachtete Stadt und Gegend. "Ja, dort wird Klein-Muck sein Glück finden", sprach er zu sich und machte trotz seiner Müdigkeit einen Luftsprung, "dort oder nirgends. " Er raffte alle seine Kräfte zusammen und schritt auf die Stadt zu. Aber obgleich sie ganz nahe schien, konnte er sie doch erst gegen Mittag erreichen; denn seine kleinen Glieder versagten ihm beinahe gänzlich ihren Dienst, und er mußte sich oft in den Schatten einer Palme setzen, um auszuruhen. Endlich war er an dem Tor der Stadt angelangt. Er legte sein Mäntelein zurecht, band den Turban schöner um, zog den Gürtel noch breiter an und steckte den langen Dolch schiefer; dann wischte er den Staub von den Schuhen, ergriff sein Stöcklein und ging mutig zum Tor hinein.

Er hatte schon einige Straßen durchwandert; aber nirgends öffnete sich ihm die Türe, nirgends rief man, wie er sich vorgestellt hatte: "Kleiner Muck, komm herein und iß und trink und laß deine Füßlein ausruhen! "

Er schaute gerade auch wieder recht sehnsüchtig an einem großen, schönen Haus hinauf; da öffnete sich ein Fenster, eine alte Frau schaute heraus und rief mit singender Stimme:

"Herbei, herbei!
Gekocht ist der Brei,
Den Tisch ließ ich decken,
Drum laßt es euch schmecken;
Ihr Nachbarn herbei,
Gekocht ist der Brei."

Die Türe des Hauses öffnete sich, und Muck sah viele Hunde und Katzen hineingehen. Er stand einige Augenblicke in Zweifel, ob er der Einladung folgen sollte; endlich aber faßte er sich ein Herz und ging in das Haus. Vor ihm her gingen ein paar junge Kätzlein, und er beschloß, ihnen zu folgen, weil sie vielleicht die Küche besser wüßten als er.

Als Muck die Treppe hinaufgestiegen war, begegnete er jener alten Frau, die zum Fenster herausgeschaut hatte. Sie sah ihn mürrisch an und fragte nach seinem Begehr. "Du hast ja jedermann zu deinem Brei eingeladen", antwortete der kleine Muck, "und weil ich so gar hungrig bin, bin ich auch gekommen. "

Die Alte lachte und sprach: "Woher kommst du denn, wunderlicher Gesell? Die ganze Stadt weiß, daß ich für niemand koche als für meine lieben Katzen, und hier und da lade ich ihnen Gesellschaft aus der Nachbarschaft ein, wie du siehst."

Der kleine Muck erzählte der alten Frau, wie es ihm nach seines Vaters Tod so hart ergangen sei, und bat sie, ihn heute mit ihren Katzen speisen zu lassen. Die Frau, welcher die treuherzige Erzählung des Kleinen wohl gefiel, erlaubte ihm, ihr Gast zu sein, und gab ihm reichlich zu essen und zu trinken. Als er gesättigt und gestärkt war, betrachtete ihn die Frau lange und sagte dann: "Kleiner Muck, bleibe bei mir in meinem Dienste! Du hast geringe Mühe und sollst gut gehalten sein."

Der kleine Muck, dem der Katzenbrei geschmeckt hatte, willigte ein und wurde also der Bedienstete der Frau Ahavzi. Er hatte einen leichten, aber sonderbaren Dienst. Frau Ahavzi hatte nämlich zwei Kater und vier Katzen, diesen mußte der kleine Muck alle Morgen den Pelz kämmen und mit köstlichen Salben einreiben; wenn die Frau ausging, mußte er auf die Katzen Achtung geben, wenn sie aßen, mußte er ihnen die Schüsseln vorlegen, und nachts mußte er sie auf seidene Polster legen und sie mit samtenen Decken einhüllen. Auch waren noch einige kleine Hunde im Haus, die er bedienen mußte, doch wurden mit diesen nicht so viele Umstände gemacht wie mit den Katzen, welche Frau Ahavzi wie ihre eigenen Kinder hielt. Übrigens führte Muck ein so einsames Leben wie in seines Vaters Haus, denn außer der Frau sah er den ganzen Tag nur Hunde und Katzen. Eine Zeitlang ging es dem kleinen Muck ganz gut; er hatte immer zu essen und wenig zu arbeiten, und die alte Frau schien recht zufrieden mit ihm zu sein, aber nach und nach wurden die Katzen unartig, wenn die Alte ausgegangen war, sprangen sie wie besessen in den Zimmern umher, warfen alles durcheinander und zerbrachen manches schöne Geschirr, das ihnen im Weg stand. Wenn sie aber die Frau die Treppe heraufkommen hörten, verkrochen sie sich auf ihre Polster und wedelten ihr mit den Schwänzen entgegen, wie wenn nichts geschehen wäre. Die Frau Ahavzi geriet dann in Zorn, wenn sie ihre Zimmer so verwüstet sah, und schob alles auf Muck, er mochte seine Unschuld beteuern, wie er wollte, sie glaubte ihren Katzen, die so unschuldig aussahen, mehr als ihrem Diener.

Der kleine Muck war sehr traurig, daß er also auch hier sein Glück nicht gefunden hatte, und beschloß bei sich, den Dienst der Frau Ahavzi zu verlassen. Da er aber auf seiner ersten Reise erfahren hatte, wie schlecht man ohne Geld lebt, so beschloß er, den Lohn, den ihm seine Gebieterin immer versprochen, aber nie gegeben hatte, sich auf irgendeine Art zu verschaffen. Es befand sich in dem Hause der Frau Ahavzi ein Zimmer, das immer verschlossen war und dessen Inneres er nie gesehen hatte. Doch hatte er die Frau oft darin rumoren gehört, und er hätte oft für sein Leben gern gewußt, was sie dort versteckt habe. Als er nun an sein Reisegeld dachte, fiel ihm ein, daß dort die Schätze der Frau versteckt sein könnten. Aber immer war die Tür fest verschlossen, und er konnte daher den Schätzen nie beikommen.

Eines Morgens, als die Frau Ahavzi ausgegangen war, zupfte ihn eines der Hundlein, welches von der Frau immer sehr stiefmütterlich behandelt wurde, dessen Gunst er sich aber durch allerlei Liebesdienste in hohem Grade erworben hatte, an seinen weiten Beinkleidern und gebärdete sich dabei, wie wenn Muck ihm folgen sollte. Muck, welcher gerne mit den Hunden spielte, folgte ihm, und siehe da, das Hundlein führte ihn in die Schlafkammer der Frau Ahavzi vor eine kleine Türe, die er nie zuvor dort bemerkt hatte. Die Türe war halb offen. Das Hundlein ging hinein, und Muck folgte ihm, und wie freudig war er überrascht, als er sah, daß er sich in dem Gemach befand, das schon lange das Ziel seiner Wünsche war. Er spähte überall umher, ob er kein Geld finden könne, fand aber nichts. Nur alte Kleider und wunderlich geformte Geschirre standen umher. Eines dieser Geschirre zog seine besondere Aufmerksamkeit auf sich. Es war von Kristall, und schöne Figuren waren darauf ausgeschnitten. Er hob es auf und drehte es nach allen Seiten. Aber, o Schrecken! Er hatte nicht bemerkt, daß es einen Deckel hatte, der nur leicht darauf hingesetzt war. Der Deckel fiel herab und zerbrach in tausend Stücke.

Märchen-Almanach auf das Jahr 1826

Lange stand der kleine Muck vor Schrecken leblos. Jetzt war sein Schicksal entschieden, jetzt mußte er entfliehen, sonst schlug ihn die Alte tot. Sogleich war auch seine Reise beschlossen, und nur noch einmal wollte er sich umschauen, ob er nichts von den Habseligkeiten der Frau Ahavzi zu seinem Marsch brauchen könnte. Da fielen ihm ein Paar mächtig große Pantoffeln ins Auge; sie waren zwar nicht schön; aber seine eigenen konnten keine Reise mehr mitmachen; auch zogen ihn jene wegen ihrer Größe an; denn hatte er diese am Fuß, so mußten ihm hoffentlich alle Leute ansehen, daß er die Kinderschuhe vertreten habe. Er zog also schnell seine Töffelein aus und fuhr in die großen hinein. Ein Spazierstöcklein mit einem schön geschnittenen Löwenkopf schien ihm auch hier allzu müßig in der Ecke zu stehen; er nahm es also mit und eilte zum Zimmer hinaus. Schnell ging er jetzt auf seine Kammer, zog sein Mäntelein an, setzte den väterlichen Turban auf, steckte den Dolch in den Gürtel und lief, so schnell ihn seine Füße trugen, zum Haus und zur Stadt hinaus. Vor der Stadt lief er, aus Angst vor der Alten, immer weiter fort, bis er vor Müdigkeit beinahe nicht mehr konnte. So schnell war er in seinem Leben nicht gegangen; ja, es schien ihm, als könne er gar nicht aufhören zu rennen; denn eine unsichtbare Gewalt schien ihn fortzureißen. Endlich bemerkte er, daß es mit den Pantoffeln eine eigene Bewandtnis haben müsse; denn diese schossen immer fort und führten ihn mit sich. Er versuchte auf allerlei Weise stillzustehen; aber es wollte nicht gelingen; da rief er in der höchsten Not, wie man den Pferden zuruft, sich selbst zu: "Oh—oh, halt, oh! " Da hielten die Pantoffeln, und Muck warf sich erschöpft auf die Erde nieder.

Die Pantoffeln freuten ihn ungemein. So hatte er sich denn doch durch seine Verdienste etwas erworben, das ihm in der Welt auf seinem Weg das Glück zu suchen, forthelfen konnte. Er schlief trotz seiner Freude vor Erschöpfung ein; denn das Körperlein des kleinen Muck, das einen so schweren Kopf zu tragen hatte, konnte nicht viel aushalten. Im Traum erschien ihm das Hundlein, welches ihm im Hause der Frau Ahavzi zu den Pantoffeln verholfen hatte, und sprach zu ihm: "Lieber Muck, du verstehst den Gebrauch der Pantoffeln noch nicht recht; wisse, wenn du dich in ihnen dreimal auf dem Absatz herumdrehst, so kannst du hinfliegen, wohin du nur willst, und mit dem Stöcklein kannst du Schätze finden, denn wo Gold vergraben ist, da wird es dreimal auf die Erde schlagen, bei Silber zweimal." So träumte der kleine Muck. Als er aber aufwachte, dachte er über den wunderbaren Traum nach und beschloß, alsbald einen Versuch zu machen. Er zog die Pantoffeln an, lupfte einen Fuß und begann sich auf dem Absatz umzudrehen. Wer es aber jemals versucht hat, in einem ungeheuer weiten Pantoffel dieses Kunststück dreimal hintereinander zu machen, der wird sich nicht wundern, wenn es dem kleinen Muck nicht gleich glückte, besonders wenn man bedenkt, daß ihn sein schwerer Kopf bald auf diese, bald auf jene Seite hinüberzog.

Der arme Kleine fiel einigemal tüchtig auf die Nase; doch ließ er sich nicht abschrecken, den Versuch zu wiederholen, und endlich glückte es. Wie ein Rad fuhr er auf seinem Absatz herum, wünschte sich in die nächste große Stadt, und—die Pantoffeln ruderten hinauf in die Lüfte, liefen mit Windeseile durch die Wolken, und ehe sich der kleine Muck noch besinnen konnte, wie ihm geschah, befand er sich schon auf einem großen Marktplatz, wo viele Buden aufgeschlagen waren und unzählige Menschen geschäftig hin und her liefen. Er ging unter den Leuten hin und her, hielt es aber für ratsamer, sich in eine einsamere Straße zu begeben; denn auf dem Markt trat ihm bald da einer auf die Pantoffeln, daß er beinahe umfiel, bald stieß er mit seinem weit hinausstehenden Dolch einen oder den anderen an, daß er mit Mühe den Schlägen entging.

Der kleine Muck bedachte nun ernstlich, was er wohl anfangen könnte, um sich ein Stück Geld zu verdienen; er hatte zwar ein Stäblein, das ihm verborgene Schätze anzeigte, aber wo sollte er gleich einen Platz finden, wo Gold oder Silber vergraben wäre? Auch hätte er sich zur Not für Geld sehen lassen können; aber dazu war er doch zu stolz. Endlich fiel ihm die Schnelligkeit seiner Füße ein, "vielleicht", dachte er, "können mir meine Pantoffeln Unterhalt gewähren", und er beschloß, sich als Schnelläufer zu verdingen. Da er aber hoffen durfte, daß der König dieser Stadt solche Dienste am besten bezahle, so erfragte er den Palast. Unter dem Tor des Palastes stand eine Wache, die ihn fragte, was er hier zu suchen habe. Auf seine Antwort, daß er einen Dienst suche, wies man ihn zum

Aufseher der Sklaven. Diesem trug er sein Anliegen vor und bat ihn, ihm einen Dienst unter den königlichen Boten zu besorgen. Der Aufseher maß ihn mit seinen Augen von Kopf bis zu den Füßen und sprach: "Wie, mit deinen Füßlein, die kaum so lang als eine Spanne sind, willst du königlicher Schnelläufer werden? Hebe dich weg, ich bin nicht dazu da, mit jedem Narren Kurzweil zu machen. " Der kleine Muck versicherte ihm aber, daß es ihm vollkommen ernst sei mit seinem Antrag und daß er es mit dem Schnellsten auf eine Wette ankommen lassen wollte. Dem Aufseher kam die Sache gar lächerlich vor; er befahl ihm, sich bis auf den Abend zu einem Wettlauf bereitzuhalten, führte ihn in die Küche und sorgte dafür, daß ihm gehörig Speis' und Trank gereicht wurde; er selbst aber begab sich zum König und erzählte ihm vom kleinen Muck und seinem Anerbieten. Der König war ein lustiger Herr, daher gefiel es ihm wohl, daß der Aufseher der Sklaven den kleinen Menschen zu einem Spaß behalten habe, er befahl ihm, auf einer großen Wiese hinter dem Schloß Anstalten zu treffen, daß das Wettlaufen mit Bequemlichkeit von seinem ganzen Hofstaat könnte gesehen werden, und empfahl ihm nochmals, große Sorgfalt für den Zwerg zu haben. Der König erzählte seinen Prinzen und Prinzessinnen, was sie diesen Abend für ein Schauspiel haben würden, diese erzählten es wieder ihren Dienern, und als der Abend herankam, war man in gespannter Erwartung, und alles, was Füße hatte, strömte hinaus auf die Wiese, wo Gerüste aufgeschlagen waren, um den großsprecherischen Zwerg laufen zu sehen.

Als der König und seine Söhne und Töchter auf dem Gerüst Platz genommen hatten, trat der kleine Muck heraus auf die Wiese und machte vor den hohen Herrschaften eine überaus zierliche Verbeugung. Ein allgemeines Freudengeschrei ertönte, als man des Kleinen ansichtig wurde; eine solche Figur hatte man dort noch nie gesehen. Das Körperlein mit dem mächtigen Kopf, das Mäntelein und die weiten Beinkleider, der lange Dolch in dem breiten Gürtel, die kleinen Füßlein in den weiten Pantoffeln—nein! Es war zu drollig anzusehen, als daß man nicht hätte laut lachen sollen. Der kleine Muck ließ sich aber durch das Gelächter nicht irremachen. Er stellte sich stolz, auf sein Stöcklein gestützt, hin und erwartete seinen Gegner. Der Aufseher der Sklaven hatte nach Mucks eigenem

Wunsche den besten Läufer ausgesucht. Dieser trat nun heraus, stellte sich neben den Kleinen, und beide harrten auf das Zeichen. Da winkte Prinzessin Amarza, wie es ausgemacht war, mit ihrem Schleier, und wie zwei Pfeile, auf dasselbe Ziel abgeschossen, flogen die beiden Wettläufer über die Wiese hin.

Von Anfang hatte Mucks Gegner einen bedeutenden Vorsprung, aber dieser jagte ihm auf seinem Pantoffelfuhrwerk nach, holte ihn ein, überfing ihn und stand längst am Ziele, als jener noch, nach Luft schnappend, daherlief. Verwunderung und Staunen fesselten einige Augenblicke die Zuschauer, als aber der König zuerst in die Hände klatschte, da jauchzte die Menge, und alle riefen: "Hoch lebe der kleine Muck, der Sieger im Wettlauf! "

Man hatte indes den kleinen Muck herbeigebracht; er warf sich vor dem König nieder und sprach: "Großmächtigster König, ich habe dir hier nur eine kleine Probe meiner Kunst gegeben; wolle nur gestatten, daß man mir eine Stelle unter deinen Läufern gebe! "

Der König aber antwortete ihm: "Nein, du sollst mein Leibläufer und immer um meine Person sein, lieber Muck, jährlich sollst du hundert Goldstücke erhalten als Lohn, und an der Tafel meiner ersten Diener sollst du speisen. "

So glaubte denn Muck, endlich das Glück gefunden zu haben, das er so lange suchte, und war fröhlich und wohlgemut in seinem Herzen. Auch erfreute er sich der besonderen Gnade des Königs, denn dieser gebrauchte ihn zu seinen schnellsten und geheimsten Sendungen, die er dann mit der größten Genauigkeit und mit unbegreiflicher Schnelle besorgte.

Aber die übrigen Diener des Königs waren ihm gar nicht zugetan, weil sie sich ungern durch einen Zwerg, der nichts verstand, als schnell zu laufen, in der Gunst ihres Herrn zurückgesetzt sahen. Sie veranstalteten daher manche Verschwörung gegen ihn, um ihn zu stürzen; aber alle schlugen fehl an dem großen Zutrauen, das der König in seinen geheimen Oberleibläufer (denn zu dieser Würde hatte er es in so kurzer Zeit gebracht) setzte.

Muck, dem diese Bewegungen gegen ihn nicht entgingen, sann nicht auf Rache, dazu hatte er ein zu gutes Herz, nein, auf Mittel dachte er, sich bei seinen Feinden notwendig und beliebt zu machen. Da fiel ihm sein Stäblein, das er in seinem Glück außer acht gelassen hatte, ein; wenn er Schätze finde, dachte er, würden ihm die Herren schon geneigter werden. Er hatte schon oft gehört, daß der Vater des jetzigen Königs viele seiner Schätze vergraben habe, als der Feind sein Land überfallen; man sagte auch, er sei darüber gestorben, ohne daß er sein Geheimnis habe seinem Sohn mitteilen können. Von nun an nahm Muck immer sein Stöcklein mit, in der Hoffnung, einmal an einem Ort vorüberzugehen, wo das Geld des alten Königs vergraben sei. Eines Abends führte ihn der Zufall in einen entlegenen Teil des Schloßgartens, den er wenig besuchte, und plötzlich fühlte er das Stöcklein in seiner Hand zucken, und dreimal schlug es gegen den Boden. Nun wußte er schon, was dies zu bedeuten hatte. Er zog daher seinen Dolch heraus, machte Zeichen in die umstellenden Bäume und schlich sich wieder in das Schloß; dort verschaffte er sich einen Spaten und wartete die Nacht zu seinem Unternehmen ab.

Das Schatzgraben selbst machte übrigens dem kleinen Muck mehr zu schaffen, als er geglaubt hatte.

Seine Arme waren gar zu schwach, sein Spaten aber groß und schwer; und er mochte wohl schon zwei Stunden gearbeitet haben, ehe er ein paar Fuß tief gegraben hatte. Endlich stieß er auf etwas Hartes, das wie Eisen klang. Er grub jetzt emsiger, und bald hatte er einen großen eisernen Deckel zutage gefördert; er stieg selbst in die Grube hinab, um nachzuspähen, was wohl der Deckel könnte bedeckt haben, und fand richtig einen großen Topf, mit Goldstücken angefüllt. Aber seine schwachen Kräfte reichten nicht hin, den Topf zu heben, daher steckte er in seine Beinkleider und seinen Gürtel, so viel er zu tragen vermochte, und auch sein Mäntelein füllte er damit, bedeckte das übrige wieder sorgfältig und lud es auf den Rücken. Aber wahrlich, wenn er die Pantoffeln nicht an den Füßen gehabt hätte, er wäre nicht vom Fleck gekommen, so zog ihn die Last des Goldes nieder. Doch unbemerkt kam er auf sein Zimmer und verwahrte dort sein Gold unter den Polstern seines Sofas.

Als der kleine Muck sich im Besitz so vielen Goldes sah, glaubte er, das Blatt werde sich jetzt wenden und er werde sich unter seinen Feinden am Hofe viele Gönner und warme Anhänger erwerben. Aber schon daran konnte man erkennen, daß der gute Muck keine gar sorgfältige Erziehung genossen haben mußte, sonst hätte er sich wohl nicht einbilden können, durch Gold wahre Freunde zu gewinnen. Ach, daß er damals seine Pantoffeln geschmiert und sich mit seinem Mäntelein voll Gold aus dem Staub gemacht hätte!

Das Gold, das der kleine Muck von jetzt an mit vollen Händen austeilte, erweckte den Neid der übrigen Hofbediensteten. Der Küchenmeister Ahuli sagte: "Er ist ein Falschmünzer."

Der Sklavenaufseher Achmet sagte: "Er hat's dem König abgeschwatzt."

Archaz, der Schatzmeister, aber, sein ärgster Feind, der selbst hier und da einen Griff in des Königs Kasse tun mochte, sagte geradezu: "Er hat's gestohlen."

Um nun ihrer Sache gewiß zu sein, verabredeten sie sich, und der Obermundschenk Korchuz stellte sich eines Tages recht traurig und niedergeschlagen vor die Augen des Königs. Er machte seine traurigen Gebärden so auffallend, daß ihn der König fragte, was ihm fehle.

"Ah", antwortete er, "ich bin traurig, daß ich die Gnade meines Herrn verloren habe."

"Was fabelst du, Freund Korchuz?" entgegnete ihm der König. "Seit wann hätte ich die Sonne meiner Gnade nicht über dich leuchten lassen?" Der Obermundschenk antwortete ihm, daß er ja den geheimen Oberleibläufer mit Gold belade, seinen armen, treuen Dienern aber nichts gebe.

Der König war sehr erstaunt über diese Nachricht, ließ sich die Goldausteilungen des kleinen Muck erzählen, und die Verschworenen brachten ihm leicht den Verdacht bei, daß Muck auf irgendeine Art das Geld aus der Schatzkammer gestohlen habe. Sehr lieb war diese Wendung der Sache dem Schatzmeister, der ohnehin nicht gerne Rechnung ablegte. Der König gab daher den Befehl, heimlich auf alle Schritte des kleinen Muck achtzugeben, um ihn womöglich auf der Tat zu ertappen. Als nun in der Nacht, die auf diesen Unglückstag folgte, der kleine Muck, da er durch seine Freigebigkeit seine Kasse sehr erschöpft sah, den Spaten nahm und in den Schloßgarten schlich, um dort von seinem geheimen Schatze neuen Vorrat zu holen, folgten ihm von weitem die Wachen, von dem Küchenmeister Ahuli und Archaz, dem Schatzmeister, angeführt, und in dem Augenblick, da er das Gold aus dem Topf in sein Mäntelein legen wollte, fielen sie über ihn her, banden ihn und führten ihn sogleich vor den König. Dieser, den ohnehin die Unterbrechung seines Schlafes mürrisch gemacht hatte, empfing seinen armen Oberleibläufer sehr ungnädig und stellte sogleich das Verhör über ihn an. Man hatte den Topf vollends aus der Erde gegraben und mit dem Spaten und mit dem Mäntelein voll Gold vor die Füße des Königs gesetzt. Der Schatzmeister sagte aus, daß er mit seinen Wachen den Muck überrascht habe, wie er diesen Topf mit Gold gerade in die Erde gegraben habe.

Der König befragte hierauf den Angeklagten, ob es wahr sei und woher er das Gold, das er vergraben, bekommen habe.

Der kleine Muck, im Gefühl seiner Unschuld, sagte aus, daß er diesen Topf im Garten entdeckt habe, daß er ihn habe nicht ein-, sondern ausgraben wollen.

Alle Anwesenden lachten laut über diese Entschuldigung, der König aber, aufs höchste erzürnt über die vermeintliche Frechheit des Kleinen, rief aus: "Wie, Elender! Du willst deinen König so dumm und schändlich belügen, nachdem du ihn bestohlen hast? Schatzmeister Archaz! Ich fordere dich auf, zu sagen, ob du diese Summe Goldes für die nämliche erkennst, die in meinem Schatze fehlt."

Der Schatzmeister aber antwortete, er sei seiner Sache ganz gewiß, so viel und noch mehr fehle seit einiger Zeit von dem königlichen

Schatz, und er könne einen Eid darauf ablegen, daß dies das Gestohlene sei.

Da befahl der König, den kleinen Muck in enge Ketten zu legen und in den Turm zu führen; dem Schatzmeister aber übergab er das Gold, um es wieder in den Schatz zu tragen. Vergnügt über den glücklichen Ausgang der Sache, zog dieser ab und zählte zu Haus die blinkenden Goldstücke; aber das hat dieser schlechte Mann niemals angezeigt, daß unten in dem Topf ein Zettel lag, der sagte: "Der Feind hat mein Land überschwemmt, daher verberge ich hier einen Teil meiner Schätze; wer es auch finden mag, den treffe der Fluch seines Königs, wenn er es nicht sogleich meinem Sohne ausliefert! König Sadi. "

Der kleine Muck stellte in seinem Kerker traurige Betrachtungen an; er wußte, daß auf Diebstahl an königlichen Sachen der Tod gesetzt war, und doch mochte er das Geheimnis mit dem Stäbchen dem König nicht verraten, weil er mit Recht fürchtete, dieses und seiner Pantoffeln beraubt zu werden. Seine Pantoffeln konnten ihm leider auch keine Hilfe bringen; denn da er in engen Ketten an die Mauer geschlossen war, konnte er, so sehr er sich quälte, sich nicht auf dem Absatz umdrehen. Als ihm aber am anderen Tage sein Tod angekündigt wurde, da gedachte er doch, es sei besser, ohne das Zauberstäbchen zu leben als mit ihm zu sterben, ließ den König um geheimes Gehör bitten und entdeckte ihm das Geheimnis. Der König maß von Anfang an seinem Geständnis keinen Glauben bei; aber der kleine Muck versprach eine Probe, wenn ihm der König zugestünde, daß er nicht getötet werden solle.

Der König gab ihm sein Wort darauf und ließ, von Muck ungesehen, einiges Gold in die Erde graben und befahl diesem, mit seinem Stäbchen zu suchen. In wenigen Augenblicken hatte er es gefunden; denn das Stäbchen schlug deutlich dreimal auf die Erde. Da merkte der König, daß ihn sein Schatzmeister betrogen hatte, und sandte ihm, wie es im Morgenland gebräuchlich ist, eine seidene Schnur, damit er sich selbst erdroßle. Zum kleinen Muck aber sprach er: "Ich habe dir zwar dein Leben versprochen; aber es scheint mir, als ob du nicht allein dieses Geheimnis mit dem Stäbchen besitzest; darum bleibst du in ewiger Gefangenschaft, wenn du nicht gestehst, was für eine Bewandtnis es mit deinem Schnellaufen hat. " Der kleine Muck, den die einzige Nacht im Turm alle Lust zu längerer Gefangenschaft benommen hatte, bekannte, daß seine ganze Kunst in den Pantoffeln liege, doch lehrte er den König nicht das Geheimnis von dem dreimaligen Umdrehen auf dem Absatz. Der König schlüpfte selbst in die Pantoffeln, um die Probe zu machen, und jagte wie unsinnig im Garten umher; oft wollte er anhalten; aber er wußte nicht, wie man die Pantoffeln zum Stehen brachte, und der kleine Muck, der diese kleine Rache sich nicht versagen konnte, ließ ihn laufen, bis er ohnmächtig niederfiel.

Als der König wieder zur Besinnung zurückgekehrt war, war er schrecklich aufgebracht über den kleinen Muck, der ihn so ganz außer Atem hatte laufen lassen. "Ich habe dir mein Wort gegeben, dir Freiheit und Leben zu schenken; aber innerhalb zwölf Stunden mußt du mein Land verlassen, sonst lasse ich dich aufknöpfen! " Die Pantoffeln und das Stäbchen aber ließ er in seine Schatzkammer legen.

So arm als je wanderte der kleine Muck zum Land hinaus, seine Torheit verwünschend, die ihm vorgespiegelt hatte, er könne eine bedeutende Rolle am Hofe spielen. Das Land, aus dem er gejagt wurde, war zum Glück nicht groß, daher war er schon nach acht Stunden auf der Grenze, obgleich ihn das Gehen, da er an seine lieben Pantoffeln gewöhnt war, sehr sauer ankam.

Als er über der Grenze war, verließ er die gewöhnliche Straße, um die dichteste Einöde der Wälder aufzusuchen und dort nur sich zu leben; denn er war allen Menschen gram. In einem dichten Walde traf er auf einen Platz, der ihm zu dem Entschluß, den er gefaßt hatte, ganz tauglich schien. Ein klarer Bach, von großen, schattigen Feigenbäumen umgeben, ein weicher Rasen luden ihn ein; hier warf er sich nieder mit dem Entschluß, keine Speise mehr zu sich zu nehmen, sondern hier den Tod zu erwarten. Über traurigen Todesbetrachtungen schlief er ein; als er aber wieder aufwachte und der Hunger ihn zu quälen anfing, bedachte er doch, daß der

Hungertod eine gefährliche Sache sei, und sah sich um, ob er nirgends etwas zu essen bekommen könnte.

Köstliche reife Feigen hingen an dem Baume, unter welchem er geschlafen hatte; er stieg hinauf, um sich einige zu pflücken, ließ es sich trefflich schmecken und ging dann hinunter an den Bach, um seinen Durst zu löschen. Aber wie groß war sein Schrecken, als ihm das Wasser seinen Kopf mit zwei gewaltigen Ohren und einer dicken, langen Nase geschmückt zeigte! Bestürzt griff er mit den Händen nach den Ohren, und wirklich, sie waren über eine halbe Elle lang.

"Ich verdiene Eselsohren! " rief er aus; "denn ich habe mein Glück wie ein Esel mit Füßen getreten. " Er wanderte unter den Bäumen umher, und als er wieder Hunger fühlte, mußte er noch einmal zu den Feigen seine Zuflucht nehmen; denn sonst fand er nichts Eßbares an den Bäumen. Als ihm über der zweiten Portion Feigen einfiel, ob wohl seine Ohren nicht unter seinem großen Turban Platz hätten, damit er doch nicht gar zu lächerlich aussehe, fühlte er, daß seine Ohren verschwunden waren. Er lief gleich an den Bach zurück, um sich davon zu überzeugen, und wirklich, es war so, seine Ohren hatten ihre vorige Gestalt, seine lange, unförmliche Nase war nicht mehr. Jetzt merkte er aber, wie dies gekommen war; von dem ersten Feigenbaum hatte er die lange Nase und Ohren bekommen, der zweite hatte ihn geheilt; freudig erkannte er, daß sein gütiges Geschick ihm noch einmal die Mittel in die Hand gebe, glücklich zu sein. Er pflückte daher von jedem Baum so viel, wie er tragen konnte, und ging in das Land zurück, das er vor kurzem verlassen hatte. Dort machte er sich in dem ersten Städtchen durch andere Kleider ganz unkenntlich und ging dann weiter auf die Stadt zu, die jener König bewohnte, und kam auch bald dort an.

Es war gerade zu einer Jahreszeit, wo reife Früchte noch ziemlich selten waren; der kleine Muck setzte sich daher unter das Tor des Palastes; denn ihm war von früherer Zeit her wohl bekannt, daß hier solche Seltenheiten von dem Küchenmeister für die königliche Tafel eingekauft wurden. Muck hatte noch nicht lange gesessen, als er den Küchenmeister über den Hof herüberschreiten sah. Er musterte die

Waren der Verkäufer, die sich am Tor des Palastes eingefunden hatten; endlich fiel sein Blick auch auf Mucks Körbchen. "Ah, ein seltener Bissen", sagte er, "der Ihro Majestät gewiß behagen wird. Was willst du für den ganzen Korb? " Der kleine Muck bestimmte einen mäßigen Preis, und sie waren bald des Handels einig. Der Küchenmeister übergab den Korb einem Sklaven und ging weiter; der kleine Muck aber macht sich einstweilen aus dem Staub, weil er befürchtete, wenn sich das Unglück an den Köpfen des Hofes zeigte, möchte man ihn als Verkäufer aufsuchen und bestrafen.

Der König war über Tisch sehr heiter gestimmt und sagte seinem Küchenmeister einmal über das andere Lobsprüche wegen seiner guten Küche und der Sorgfalt, mit der er immer das Seltenste für ihn aussuche; der Küchenmeister aber, welcher wohl wußte, welchen Leckerbissen er noch im Hintergrund habe, schmunzelte gar freundlich und ließ nur einzelne Worte fallen, als: "Es ist noch nicht aller Tage Abend", oder "Ende gut, alles gut", so daß die Prinzessinnen sehr neugierig wurden, was er wohl noch bringen werde. Als er aber die schönen, einladenden Feigen aufsetzen ließ, da entfloh ein allgemeines Ah! dem Munde der Anwesenden.

"Wie reif, wie appetitlich! " rief der König. "Küchenmeister, du bist ein ganzer Kerl und verdienst unsere ganz besondere Gnade! " Also sprechend, teilte der König, der mit solchen Leckerbissen sehr sparsam zu sein pflegte, mit eigener Hand die Feigen an seiner Tafel aus. Jeder Prinz und jede Prinzessin bekam zwei, die Hofdamen und die Wesire und Agas eine, die übrigen stellte er vor sich hin und begann mit großem Behagen sie zu verschlingen.

"Aber, lieber Gott, wie siehst du so wunderlich aus, Vater? " rief auf einmal die Prinzessin Amarza. Alle sahen den König erstaunt an; ungeheure Ohren hingen ihm am Kopf, eine lange Nase zog sich über sein Kinn herunter; auch sich selbst betrachteten sie untereinander mit Staunen und Schrecken; alle waren mehr oder minder mit dem sonderbaren Kopfputz geschmeckt.

Man denke sich den Schrecken des Hofes! Man schickte sogleich nach allen Ärzten der Stadt; sie kamen haufenweise, verordneten

Pillen und Mixturen; aber die Ohren und die Nasen blieben. Man operierte einen der Prinzen; aber die Ohren wuchsen nach.

Muck hatte die ganze Geschichte in seinem Versteck, wohin er sich zurückgezogen hatte, gehört und erkannte, daß es jetzt Zeit sei zu handeln. Er hatte sich schon vorher von dem aus den Feigen gelösten Geld einen Anzug verschafft, der ihn als Gelehrten darstellen konnte; ein langer Bart aus Ziegenhaaren vollendete die Täuschung. Mit einem Säckchen voll Feigen wanderte er in den Palast des Königs und bot als fremder Arzt seine Hilfe an. Man war von Anfang sehr ungläubig; als aber der kleine Muck eine Feige einem der Prinzen zu essen gab und Ohren und Nase dadurch in den alten Zustand zurückbrachte, da wollte alles von dem fremden Arzte geheilt sein. Aber der König nahm ihn schweigend bei der Hand und führte ihn in sein Gemach; dort schloß er eine Türe auf, die in die Schatzkammer führte, und winkte Muck, ihm zu folgen. "Hier sind meine Schätze", sprach der König, "wähle dir, was es auch sei, es soll dir gewährt werden, wenn du mich von diesem schmachvollen Übel befreist. "

Das war süße Musik in des kleinen Muck Ohren; er hatte gleich beim Eintritt seine Pantoffeln auf dem Boden stehen sehen, gleich daneben lag auch sein Stäbchen. Er ging nun umher in dem Saal, wie wenn er die Schätze des Königs bewundern wollte; kaum aber war er an seine Pantoffeln gekommen, so schlüpfte er eilends hinein, ergriff sein Stäbchen, riß seinen falschen Bart herab und zeigte dem erstaunten König das wohlbekannte Gesicht seines verstoßenen Muck. "Treuloser König", sprach er, "der du treue Dienste mit Undank lohnst, nimm als wohlverdiente Strafe die Mißgestalt, die du trägst. Die Ohren laß ich dir zurück, damit sie dich täglich erinnern an den kleinen Muck. " Als er so gesprochen hatte, drehte er sich schnell auf dem Absatz herum, wünschte sich weit hinweg, und ehe noch der König um Hilfe rufen konnte, war der kleine Muck entflohen. Seitdem lebt der kleine Muck hier in großem Wohlstand, aber einsam; denn er verachtet die Menschen. Er ist durch Erfahrung ein weiser Mann geworden, welcher, wenn auch sein Äußeres etwas Auffallendes haben mag, deine Bewunderung mehr als deinen Spott verdient.

"So erzählte mir mein Vater; ich bezeugte ihm meine Reue über mein rohes Betragen gegen den guten kleinen Mann, und mein Vater schenkte mir die andere Hälfte der Strafe, die er mir zugedacht hatte. Ich erzählte meinen Kameraden die wunderbaren Schicksale des Kleinen, und wir gewannen ihn so lieb, daß ihn keiner mehr schimpfte. Im Gegenteil, wir ehrten ihn, solange er lebte, und haben uns vor ihm immer so tief wie vor Kadi und Mufti gebückt. "

Die Reisenden beschlossen, einen Rasttag in dieser Karawanserei zu machen, um sich und die Tiere zur weiteren Reise zu stärken. Die gestrige Fröhlichkeit ging auch auf diesen Tag über, und sie ergötzten sich in allerlei Spielen. Nach dem Essen aber riefen sie dem fünften Kaufmann, Ali Sizah, zu, auch seine Schuldigkeit gleich den übrigen zu tun und eine Geschichte zu erzählen. Er antwortete, sein Leben sei zu arm an auffallenden Begebenheiten, als daß er ihnen etwas davon mitteilen möchte, daher wolle er ihnen etwas anderes erzählen, nämlich: Das Märchen vom falschen Prinzen.

Märchen-Almanach auf das Jahr 1826

Das Märchen vom falschen Prinzen

Es war einmal ein ehrsamer Schneidergeselle, namens Labakan, der bei einem geschickten Meister in Alessandria sein Handwerk lernte. Man konnte nicht sagen, daß Labakan ungeschickt mit der Nadel war, im Gegenteil, er konnte recht feine Arbeit machen. Auch tat man ihm unrecht, wenn man ihn geradezu faul schalt; aber ganz richtig war es doch nicht mit dem Gesellen, denn er konnte oft stundenweis in einem fort nähen, daß ihm die Nadel in der Hand glühend ward und der Faden rauchte, da gab es ihm dann ein Stück wie keinem anderen; ein andermal aber, und dies geschah leider öfters, saß er in tiefen Gedanken, sah mit starren Augen vor sich hin und hatte dabei in Gesicht und Wesen etwas so Eigenes, daß sein Meister und die übrigen Gesellen von diesem Zustand nie anders sprachen als: "Labakan hat wieder sein vornehmes Gesicht."

Am Freitag aber, wenn andere Leute vom Gebet ruhig nach Haus an ihre Arbeit gingen, trat Labakan in einem schönen Kleid, das er sich mit vieler Mühe zusammengespart hatte, aus der Moschee, ging langsam und stolzen Schrittes durch die Plätze und Straßen der Stadt, und wenn ihm einer seiner Kameraden ein "Friede sei mit dir", oder "Wie geht es, Freund Labakan?" bot, so winkte er gnädig mit der Hand oder nickte, wenn es hoch kam, vornehm mit dem Kopf. Wenn dann sein Meister im Spaß zu ihm sagte: "An dir ist ein Prinz verlorengegangen, Labakan", so freute er sich darüber und antwortete: "Habt Ihr das auch bemerkt?" oder: "Ich habe es schon lange gedacht!"

So trieb es der ehrsame Schneidergeselle Labakan schon eine geraume Zeit, sein Meister aber duldete seine Narrheit, weil er sonst ein guter Mensch und geschickter Arbeiter war. Aber eines Tages schickte Selim, der Bruder des Sultans, der gerade durch Alessandria reiste, ein Festkleid zu dem Meister, um einiges daran verändern zu lassen, und der Meister gab es Labakan, weil dieser die feinste Arbeit machte. Als abends der Meister und die Gesellen sich hinwegbegeben hatten, um nach des Tages Last sich zu erholen, trieb eine unwiderstehliche Sehnsucht Labakan wieder in die Werkstatt zurück, wo das Kleid des kaiserlichen Bruders hing. Er stand lange sinnend davor, bald den Glanz der Stickerei, bald die schillernden Farben des Samts und der Seide an dem Kleide bewundernd. Er konnte nicht anders, er mußte es anziehen, und siehe da, es paßte ihm so trefflich, wie wenn es für ihn wäre gemacht worden. "Bin ich nicht so gut ein Prinz als einer? " fragte er sich, indem er im Zimmer auf und ab schritt. "Hat nicht der Meister selbst schon gesagt, daß ich zum Prinzen geboren sei? " Mit den Kleidern schien der Geselle eine ganz königliche Gesinnung angezogen zu haben; er konnte sich nicht anders denken, als er sei ein unbekannter Königssohn, und als solcher beschloß er, in die Welt zu reisen und einen Ort zu verlassen, wo die Leute bisher so töricht gewesen waren, unter der Hülle seines niederen Standes nicht seine angebotene Würde zu erkennen. Das prachtvolle Kleid schien ihm von einer gütigen Fee geschickt, er hütete sich daher wohl, ein so teures Geschenk zu verschmähen, steckte seine geringe Barschaft zu sich und wanderte, begünstigt von dem Dunkel der Nacht, aus Alessandrias Toren.

Der neue Prinz erregte überall auf seiner Wanderschaft Verwunderung, denn das prachtvolle Kleid und sein ernstes, majestätisches Wesen wollten gar nicht passen für einen Fußgänger. Wenn man ihn darüber befragte, pflegte er mit geheimnisvoller Miene zu antworten, daß das seine eigenen Ursachen habe. Als er aber merkte, daß er sich durch seine Fußwanderungen lächerlich machte, kaufte er um geringen Preis ein altes Roß, welches sehr für ihn paßte, da es ihn mit seiner gesetzten Ruhe und Sanftmut nie in die Verlegenheit brachte, sich als geschickter Reiter zeigen zu müssen, was gar nicht seine Sache war.

Eines Tages, als er Schritt vor Schritt auf seinem Murva, so hatte er sein Roß genannt, ; seine Straße zog, schloß sich ein Reiter an ihn an und bat ihn, in seiner Gesellschaft reiten zu dürfen, weil ihm der Weg viel kürzer werde im Gespräch mit einem anderen. Der Reiter war ein fröhlicher, junger Mann, schön und angenehm im Umgang. Er hatte mit Labakan bald ein Gespräch angeknüpft über Woher und Wohin, und es traf sich, daß auch er, wie der Schneidergeselle, ohne Plan in die Welt hinauszog. Er sagte, er heiße Omar, sei der Neffe Elfi Beys, des unglücklichen Bassas von Kairo, und reise nun umher, um einen Auftrag, den ihm sein Oheim auf dem Sterbebette erteilt habe, auszurichten. Labakan ließ sich nicht so offenherzig über seine Verhältnisse aus, er gab ihm zu verstehen, daß er von hoher Abkunft sei und zu seinem Vergnügen reise.

Die beiden jungen Herren fanden Gefallen aneinander und zogen fürder. Am zweiten Tage ihrer gemeinschaftlichen Reise fragte Labakan seinen Gefährten Omar nach den Aufträgen, die er zu besorgen habe, und erfuhr zu seinem Erstaunen folgendes: Elfi Bey, der Bassa von Kairo, hatte den Omar seit seiner frühesten Kindheit erzogen, und dieser hatte seine Eltern nie gekannt. Als nun Elfi Bey von seinen Feinden überfallen worden war und nach drei unglücklichen Schlachten, tödlich verwundet, fliehen mußte, entdeckte er seinem Zögling, daß er nicht sein Neffe sei, sondern der Sohn eines mächtigen Herrschers, welcher aus Furcht vor den Prophezeiungen seiner Sterndeuter den jungen Prinzen von seinem Hofe entfernt habe, mit dem Schwur, ihn erst an seinem zweiundzwanzigsten Geburtstage wiedersehen zu wollen. Elfi Bey habe ihm den Namen seines Vaters nicht genannt, sondern ihm nur aufs bestimmteste aufgetragen, am fünften Tage des kommenden Monats Ramadan, an welchem Tage er zweiundzwanzig Jahre alt werde, sich an der berühmten Säule El-Serujah, vier Tagreisen östlich von Alessandria, einzufinden; dort soll er den Männern, die an der Säule stehen würden, einen Dolch, den er ihm gab, überreichen mit den Worten: "leer bin ich, den ihr suchet"; wenn sie antworteten: "Gelobt sei der Prophet, der dich erhielt!", so solle er ihnen folgen, sie würden ihn zu seinem Vater führen.

Der Schneidergeselle Labakan war sehr erstaunt über diese Mitteilung, er betrachtete von jetzt an den Prinzen Omar mit neidischen Augen, erzürnt darüber, daß das Schicksal jenem, obgleich er schon für den Neffen eines mächtigen Bassa galt, noch die Würde eines Fürstensohnes verliehen, ihm aber, den es mit allem, was einem Prinzen nottut, ausgerüstet, gleichsam zum Hohn eine dunkle Geburt und einen gewöhnlichen Lebensweg verliehen habe. Er stellte Vergleichungen zwischen sich und dem Prinzen an. Er mußte sich gestehen, es sei jener ein Mann von sehr vorteilhafter Gesichtsbildung; schöne, lebhafte Augen, eine kühngebogene Nase, ein sanftes, zuvorkommendes Benehmen, kurz, so viele Vorzüge des Äußeren, die jemand empfehlen können, waren jenem eigen. Aber so viele Vorzüge er auch an seinem Begleiter fand, so gestand er sich doch bei diesen Beobachtungen, daß ein Labakan dem fürstlichen Vater wohl noch willkommener sein dürfte als der wirkliche Prinz.

Diese Betrachtungen verfolgten Labakan den ganzen Tag, mit ihnen schlief er im nächsten Nachtlager ein, aber als er morgens aufwachte und sein Blick auf den neben ihm schlafenden Omar fiel, der so ruhig schlafen und von seinem gewissen Glück träumen konnte, da erwachte in ihm der Gedanke, sich durch List oder Gewalt zu erstreben, was ihm das ungünstige Schicksal versagt hatte. Der Dolch, das Erkennungszeichen des heimkehrenden Prinzen, sah aus dem Gürtel des Schlafenden hervor, leise zog er ihn hervor, um ihn in die Brust des Eigentümers zu stoßen. Doch vor dem Gedanken des Mordes entsetzte sich die friedfertige Seele des Gesellen; er begnügte sich, den Dolch zu sich zu stecken, das schnellere Pferd des Prinzen für sich aufzäumen zu lassen, und ehe Omar aufwachte und sich aller seiner Hoffnungen beraubt sah, hatte sein treuloser Gefährte schon einen Vorsprung von mehreren Meilen.

Es war gerade der erste Tag des heiligen Monats Ramadan, an welchem Labakan den Raub an dem Prinzen begangen hatte, und er hatte also noch vier Tage, um zu der Säule El Serujah, welche ihm wohlbekannt war, zu gelangen. Obgleich die Gegend, worin sich diese Säule befand, höchstens noch zwei Tagreisen entfernt sein konnte, so beeilte er sich doch hinzukommen, weil er immer fürchtete, von dem wahren Prinzen eingeholt zu werden.

Am Ende des zweiten Tages erblickte Labakan die Säule El-Serujah. Sie stand auf einer kleinen Anhöhe in einer weiten Ebene und konnte auf zwei bis drei Stunden gesehen werden. Labakans Herz pochte lauter bei diesem Anblick; obgleich er die letzten zwei Tage hindurch Zeit genug gehabt, über die Rolle, die er zu spielen hatte, nachzudenken, so machte ihn doch das böse Gewissen etwas ängstlich, aber der Gedanke, daß er zum Prinzen geboren sei, stärkte ihn wieder, so daß er getrösteter seinem Ziele entgegenging.

Die Gegend um die Säule El-Serujah war unbewohnt und öde, und der neue Prinz wäre wegen seines Unterhalts etwas in Verlegenheit gekommen, wenn er sich nicht auf mehrere Tage versehen hätte. Er lagerte sich also neben seinem Pferd unter einigen Palmen und erwartete dort sein ferneres Schicksal.

Gegen die Mitte des anderen Tages sah er einen großen Zug von Pferden und Kamelen über die Ebene her auf die Säule El-Serujah zuziehen. Der Zug hielt am Fuße des Hügels, auf welchem die Säule stand, man schlug prächtige Zelte auf, und das Ganze sah aus wie der Reisezug eines reichen Bassa oder Scheik. Labakan ahnte, daß die vielen Leute, welche er sah, sich seinetwegen hierher bemüht hatten, und hätte ihnen gerne schon heute ihren künftigen Gebieter gezeigt; aber er mäßigte seine Begierde, als Prinz aufzutreten, da ja doch der nächste Morgen seine kühnsten Wünsche vollkommen befriedigen mußte.

Die Morgensonne weckte den überglücklichen Schneider zu dem wichtigsten Augenblick seines Lebens, welcher ihn aus einem niederen, unbekannten Sterblichen an die Seite eines fürstlichen Vaters erheben sollte; zwar fiel ihm, als er sein Pferd aufzäumte, um zu der Säule hinzureiten, wohl auch das Unrechtmäßige seines Schrittes ein; zwar führten ihm seine Gedanken den Schmerz des in seinen schönen Hoffnungen betrogenen Fürstensohnes vor, aber— der Würfel war geworfen, er konnte nicht mehr ungeschehen machen, was geschehen war, und seine Eigenliebe flüsterte ihm zu, daß er stattlich genug aussehe, um dem mächtigsten König sich als Sohn vorzustellen; ermutigt durch diesen Gedanken, schwang er sich auf sein Roß, nahm alle seine Tapferkeit zusammen, um es in einen ordentlichen Galopp zu bringen, und in weniger als einer Viertelstunde war er am Fuße des Hügels angelangt. Er stieg ab von seinem Pferd und band es an eine Staude, deren mehrere an dem Hügel wuchsen; hierauf zog er den Dolch des Prinzen Omar hervor und stieg den Hügel hinan. Am Fuß der Säule standen sechs Männer um einen Greis von hohem, königlichem Ansehen; ein prachtvoller Kaftan von Goldstoff, mit einem weißen Kaschmirschal umgürtet, der weiße, mit blitzenden Edelsteinen geschmückte Turban bezeichneten ihn als einen Mann von Reichtum und Würde.

Auf ihn ging Labakan zu, neigte sich tief vor ihm und sprach, indem er den Dolch darreichte: "Hier bin ich, den Ihr suchet."

"Gelobt sei der Prophet, der dich erhielt!" antwortete der Greis mit Freudentränen. "Umarme deinen alten Vater, mein geliebter Sohn Omar!" Der gute Schneider war sehr gerührt durch diese feierlichen Worte und sank mit einem Gemisch von Freude und Scham in die Arme des alten Fürsten.

Aber nur einen Augenblick sollte er ungetrübt die Wonne seines neuen Standes genießen; als er sich aus den Armen des fürstlichen Greises aufrichtete, sah er einen Reiter über die Ebene her auf den Hügel zueilen. Der Reiter und sein Roß gewährten einen sonderbaren Anblick; das Roß schien aus Eigensinn oder Müdigkeit nicht vorwärts zu wollen, in einem stolpernden Gang, der weder Schritt noch Trab war, zog es daher, der Reiter aber trieb es mit Händen und Füßen zu schnellerem Laufe an. Nur zu bald erkannte Labakan sein Roß Murva und den echten Prinzen Omar, aber der böse Geist der Lüge war einmal in ihn gefahren, und er beschloß, wie es auch kommen möge, mit eiserner Stirne seine angemaßten Rechte zu behaupten.

Schon aus der Ferne hatte man den Reiter winken gesehen; jetzt war er trotz des schlechten Trabes des Rosses Murva am Fuße des Hügels angekommen, warf sich vom Pferd und stürzte den Hügel hinan. "Haltet ein!" rief er. "Wer ihr auch sein möget, haltet ein und laßt euch nicht von dem schändlichsten Betrüger täuschen; ich heiße Omar, und kein Sterblicher wage es, meinen Namen zu mißbrauchen!"

Auf den Gesichtern der Umstehenden malte sich tiefes Erstaunen über diese Wendung der Dinge; besonders schien der Greis sehr betroffen, indem er bald den einen, bald den anderen fragend ansah; Labakan aber sprach mit mühsam errungener Ruhe: "Gnädigster Herr und Vater, laßt Euch nicht irremachen durch diesen Menschen da! Es ist, soviel ich weiß, ein wahnsinniger Schneidergeselle aus Alessandria, Labakan geheißen, der mehr unser Mitleid als unseren Zorn verdient."

Bis zur Raserei aber brachten diese Worte den Prinzen; schäumend vor Wut wollte er auf Labakan eindringen, aber die Umstehenden warfen sich dazwischen und hielten ihn fest, und der Fürst sprach: "Wahrhaftig, mein lieber Sohn, der arme Mensch ist verrückt; man binde ihn und setze ihn auf eines unserer Dromedare, vielleicht, daß wir dem Unglücklichen Hilfe schaffen können."

Die Wut des Prinzen hatte sich gelegt, weinend rief er dem Fürsten zu: "Mein Herz sagt mir, daß Ihr mein Vater seid; bei dem Andenken meiner Mutter beschwöre ich Euch, hört mich an!"

"Ei, Gott bewahre uns!" antwortete dieser, "er fängt schon wieder an, irre zu reden, wie doch der Mensch auf so tolle Gedanken kommen kann!" Damit ergriff er Labakans Arm und ließ sich von ihm den Hügel hinuntergeleiten; sie setzten sich beide auf schöne, mit reichen Decken behängte Pferde und ritten an der Spitze des Zuges über die Ebene hin. Dem unglücklichen Prinzen aber fesselte man die Hände und band ihn auf einem Dromedar fest, und zwei Reiter waren ihm immer zur Seite, die ein wachsames Auge auf jede seiner Bewegungen hatten.

Der fürstliche Greis war Saaud, der Sultan der Wechabiten. Er hatte lange ohne Kinder gelebt, endlich wurde ihm ein Prinz geboren, nach dem er sich so lange gesehnt hatte; aber die Sterndeuter, welche er um die Vorbedeutungen des Knaben befragte, taten den Ausspruch, "daß er bis ins zweiundzwanzigste Jahr in Gefahr stehe, von einem Feinde verdrängt zu werden", deswegen, um recht sicherzugehen, hatte der Sultan den Prinzen seinem alten, erprobten Freunde Elfi-Bey zum Erziehen gegeben und zweiundzwanzig schmerzliche Jahre auf seinen Anblick geharrt.

Dieses hatte der Sultan seinem (vermeintlichen) Sohne erzählt und sich ihm außerordentlich zufrieden mit seiner Gestalt und seinem würdevollen Benehmen gezeigt.

Als sie in das Land des Sultans kamen, wurden sie überall von den Einwohnern mit Freudengeschrei empfangen; denn das Gerücht von der Ankunft des Prinzen hatte sich wie ein Lauffeuer durch alle

Städte und Dörfer verbreitet. Auf den Straßen, durch welche sie zogen, waren Bögen von Blumen und Zweigen errichtet, glänzende Teppiche von allen Farben schmeckten die Häuser, und das Volk pries laut Gott und seinen Propheten, der ihnen einen so schönen Prinzen gesandt habe. Alles dies erfüllte das stolze Herz des Schneiders mit Wonne; desto unglücklicher mußte sich aber der echte Omar fühlen, der, noch immer gefesselt, in stiller Verzweiflung dem Zuge folgte. Niemand kümmerte sich um ihn bei dem allgemeinen Jubel, der doch ihm galt; den Namen Omar riefen tausend und wieder tausend Stimmen, aber ihn, der diesen Namen mit Recht trug, ihn beachtete keiner; höchstens fragte einer oder der andere, wen man denn so fest gebunden mit fortfahre, und schrecklich tönte in das Ohr des Prinzen die Antwort seiner Begleiter, es sei ein wahnsinniger Schneider.

Der Zug war endlich in die Hauptstadt des Sultans gekommen, wo alles noch glänzender zu ihrem Empfang bereitet war als in den übrigen Städten. Die Sultanin, eine ältliche, ehrwürdige Frau, erwartete sie mit ihrem ganzen Hofstaat in dem prachtvollsten Saal des Schlosses. Der Boden dieses Saales war mit einem ungeheuren Teppich bedeckt, die Wände waren mit hellblauem Tuch geschmeckt, das in goldenen Quasten und Schnüren an großen, silbernen Haken hing.

Es war schon dunkel, als der Zug anlangte, daher waren im Saale viele kugelrunde, farbige Lampen angezündet, welche die Nacht zum Tag erhellten. Am klarsten und vielfarbigsten strahlten sie aber im Hintergrund des Saales, wo die Sultanin auf einem Throne saß. Der Thron stand auf vier Stufen und war von lauterem Golde und mit großen Amethysten ausgelegt. Die vier vornehmsten Emire hielten einen Baldachin von roter Seide über dem Haupte der Sultanin, und der Scheik von Medina fächelte ihr mit einer Windfuchtel von weißen Pfauenfedern Kühlung zu.

So erwartete die Sultanin ihren Gemahl und ihren Sohn, auch sie hatte ihn seit seiner Geburt nicht mehr gesehen, aber bedeutsam Träume hatten ihr den Ersehnten gezeigt, daß sie ihn aus Tausenden erkennen wollte. Jetzt hörte man das Geräusch des nahenden Zuges,

Trompeten und Trommeln mischten sich in das Zujauchzen der Menge, der Hufschlag der Rosse tönte im Hof des Palastes, näher und näher rauschten die Tritte der Kommenden, die Türen des Saales flogen auf, und durch die Reihen der niederfallenden Diener eilte der Sultan an der Hand seines Sohnes vor den Thron der Mutter.

"Hier", sprach er, "bringe ich dir den, nach welchem du dich so lange gesehnet."

Die Sultanin aber fiel ihm in die Rede: "Das ist mein Sohn nicht!" rief sie aus, "das sind nicht die Züge, die mir der Prophet im Traume gezeigt hat!"

Gerade, als ihr der Sultan ihren Aberglauben verweisen wollte, sprang die Türe des Saales auf. Prinz Omar stürzte herein, verfolgt von seinen Wächtern, denen er sich mit Anstrengung aller seiner Kraft entrissen hatte, er warf sich atemlos vor dem Throne nieder: "leer will ich sterben, laßt mich töten, grausamer Vater; denn diese Schmach dulde ich nicht länger!"

Alles war bestürzt über diese Reden; man drängte sich um den Unglücklichen her, und schon wollten ihn die herbeieilenden Wachen ergreifen und ihm wieder seine Bande anlegen, als die Sultanin, die in sprachlosem Erstaunen dieses alles mit angesehen hatte, von dem Throne aufsprang. "Haltet ein!" rief sie, "dieser und kein anderer ist der Rechte, dieser ist's, den meine Augen nie gesehen und den mein Herz doch gekannt hat!"

Die Wächter hatten unwillkürlich von Omar abgelassen, aber der Sultan, entflammt von wütendem Zorn, rief ihnen zu, den Wahnsinnigen zu binden: "Ich habe hier zu entscheiden", sprach er mit gebietender Stimme, "und hier richtet man nicht nach den Träumen der Weiber, sondern nach gewissen, untrüglichen Zeichen. Dieser hier (indem er auf Labakan zeigte) ist mein Sohn; denn er hat mir das Wahrzeichen meines Freundes Elfi, den Dolch, gebracht."

"Gestohlen hat er ihn", schrie Omar, "mein argloses Vertrauen hat er zum Verrat mißbraucht! " Der Sultan aber hörte nicht auf die Stimme seines Sohnes; denn er war in allen Dingen gewohnt, eigensinnig nur seinem Urteil zu folgen; daher ließ er den unglücklichen Omar mit Gewalt aus dem Saal schleppen. Er selbst aber begab sich mit Labakan in sein Gemach, voll Wut über die Sultanin, seine Gemahlin, mit der er doch seit fünfundzwanzig Jahren in Frieden gelebt hatte.

Die Sultanin aber war voll Kummer über diese Begebenheiten; sie war vollkommen überzeugt, daß ein Betrüger sich des Herzens des Sultans bemächtigt hatte, denn jenen Unglücklichen hatten ihr so viele bedeutsam Träume als ihren Sohn gezeigt.

Als sich ihr Schmerz ein wenig gelegt hatte, sann sie auf Mittel, um ihren Gemahl von seinem Unrecht zu überzeugen. Es war dies allerdings schwierig; denn jener, der sich für ihren Sohn ausgab, hatte das Erkennungszeichen, den Dolch, überreicht und hatte auch, wie sie erfuhr, so viel von Omars früherem Leben von diesem selbst sich erzählen lassen, daß er seine Rolle, ohne sich zu verraten, spielte.

Sie berief die Männer zu sich, die den Sultan zu der Säule El-Serujah begleitet hatten, um sich alles genau erzählen zu lassen, und hielt dann mit ihren vertrautesten Sklavinnen Rat. Sie wählten und verwarfen dies und jenes Mittel; endlich sprach Melechsalah, eine alte, kluge Zierkassierin: "Wenn ich recht gehört habe, verehrte Gebieterin, so nannte der Überbringer des Dolches den, welchen du für deinen Sohn hältst, Labakan, einen verwirrten Schneider? "

"Ja, so ist es", antwortete die Sultanin, "aber was willst du damit? "

"Was meint Ihr", fuhr jene fort, "wenn dieser Betrüger Eurem Sohn seinen eigenen Namen aufgeheftet hätte? —Und wenn dies ist, so gibt es ein herrliches Mittel, den Betrüger zu fangen, das ich Euch ganz im geheimen sagen will. " Die Sultanin bot ihrer Sklavin das Ohr, und diese flüsterte ihr einen Rat zu, der ihr zu behagen schien, denn sie schickte sich an, sogleich zum Sultan zu gehen.

Die Sultanin war eine kluge Frau, welche wohl die schwachen Seiten des Sultans kannte und sie zu benützen verstand. Sie schien daher, ihm nachgeben und den Sohn anerkennen zu wollen, und bat sich nur eine Bedingung aus; der Sultan, dem sein Aufbrausen gegen seine Frau leid tat, gestand die Bedingung zu, und sie sprach: "Ich möchte gerne den beiden eine Probe ihrer Geschicklichkeit auferlegen; eine andere würde sie vielleicht reiten, fechten oder Speere werfen lassen, aber das sind Sachen, die ein jeder kann; nein, ich will ihnen etwas geben, wozu Scharfsinn gehört! Es soll nämlich jeder von ihnen einen Kaftan und ein Paar Beinkleider verfertigen, und da wollen wir einmal sehen, wer die schönsten macht. "

Der Sultan lachte und sprach: "Ei, da hast du ja etwas recht Kluges ausgesonnen. Mein Sohn sollte mit deinem wahnsinnigen Schneider wetteifern, wer den besten Kaftan macht? Nein, das ist nichts. "

Die Sultanin aber berief sich darauf, daß er ihr die Bedingung zum Voraus zugesagt habe, und der Sultan, welcher ein Mann von Wort war, gab endlich nach, obgleich er schwor, wenn der wahnsinnige Schneider seinen Kaftan auch noch so schön mache, könne er ihn doch nicht für seinen Sohn erkennen.

Der Sultan ging selbst zu seinem Sohn und bat ihn, sich in die Grillen seiner Mutter zu schicken, die nun einmal durchaus einen Kaftan von seiner Hand zu sehen wünsche. Dem guten Labakan lachte das Herz vor Freude; wenn es nur an dem fehlt, dachte er bei sich, da soll die Frau Sultanin bald Freude an mir erleben.

Man hatte zwei Zimmer eingerichtet, eines für den Prinzen, das andere für den Schneider; dort sollten sie ihre Kunst erproben, und man hatte jedem nur ein hinlängliches Stück Seidenzeug, Schere, Nadel und Faden gegeben.

Der Sultan war sehr begierig, was für ein Ding von Kaftan wohl sein Sohn zutage fördern werde, aber auch der Sultanin pochte unruhig das Herz, ob ihre List wohl gelingen werde oder nicht. Man hatte den beiden zwei Tage zu ihrem Geschäft ausgesetzt, am dritten ließ der Sultan seine Gemahlin rufen, und als sie erschienen war, schickte er in jene zwei Zimmer, um die beiden Kaftane und ihre Verfertiger holen zu lassen. Triumphierend trat Labakan ein und breitete seinen Kaftan vor den erstaunten Blicken des Sultans aus. "Siehe her, Vater", sprach er, "siehe her, verehrte Mutter, ob dies nicht ein Meisterstück von einem Kaftan ist? Da laß ich es mit dem geschicktesten Hofschneider auf eine Wette ankommen, ob er einen solchen herausbringt. "

Die Sultanin lächelte und wandte sich zu Omar: "Und was hast du herausgebracht, mein Sohn? "

Unwillig warf dieser den Seidenstoff und die Schere auf den Boden: "Man hat mich gelehrt, ein Roß zu bändigen und einen Säbel zu schwingen, und meine Lanze trifft auf sechzig Gänge ihr Ziel—aber die Künste der Nadel sind mir fremd, sie wären auch unwürdig für einen Zögling Elfi Beys, des Beherrschers von Kairo. "

"Oh, du echter Sohn meines Herrn", rief die Sultanin, "ach, daß ich dich umarmen, dich Sohn nennen dürfte! Verzeihet, mein Gemahl und Gebieter", sprach sie dann, indem sie sich zum Sultan wandte, "daß ich diese List gegen Euch gebraucht habe; sehet Ihr jetzt noch nicht ein, wer Prinz und wer Schneider ist; fürwahr, der Kaftan ist köstlich, den Euer Herr Sohn gemacht hat, und ich möchte ihn gerne fragen, bei welchem Meister er gelernt habe. "

Der Sultan saß in tiefen Gedanken, mißtrauisch bald seine Frau, bald Labakan anschauend, der umsonst sein Erröten und seine Bestürzung, daß er sich so dumm verraten habe, zu bekämpfen suchte. "Auch dieser Beweis genügt nicht", sprach er, "aber ich weiß, Allah sei es gedankt, ein Mittel, zu erfahren, ob ich betrogen bin oder nicht. "

Er befahl, sein schnellstes Pferd vorzufahren, schwang sich auf und ritt in einen Wald, der nicht weit von der Stadt begann. Dort wohnte nach einer alten Sage eine gütige Fee, Adolzaide geheißen, welche oft schon den Königen seines Stammes in der Stunde der Not mit ihrem Rat beigestanden war; dorthin eilte der Sultan.

In der Mitte des Waldes war ein freier Platz, von hohen Zedern umgeben. Dort wohnte nach der Sage die Fee, und selten betrat ein Sterblicher diesen Platz, denn eine gewisse Scheu davor hatte sich aus alten Zeiten vom Vater auf den Sohn vererbt.

Als der Sultan dort angekommen war, stieg er ab, band sein Pferd an einen Baum, stellte sich in die Mitte des Platzes und sprach mit lauter Stimme: "Wenn es wahr ist, daß du meinen Vätern gütigen Rat erteiltest in der Stunde der Not, so verschmähe nicht die Bitte ihres Enkels und rate mir, wo menschlicher Verstand zu kurzsichtig ist! "

Er hatte kaum die letzten Worte gesprochen, als sich eine der Zedern öffnete und eine verschleierte Frau in langen, weißen Gewändern hervortrat. "Ich weiß, warum du zu mir kommst, Sultan Saaud, dein Wille ist redlich; darum soll dir auch meine Hilfe werden. Nimm diese zwei Kistchen! Laß jene beiden, welche deine Söhne sein wollen, wählen! Ich weiß, daß der, welcher der echte ist, das rechte nicht verfehlen wird. " So sprach die Verschleierte und reichte ihm zwei kleine Kistchen von Elfenbein, reich mit Gold und Perlen verziert; auf den Deckeln, die der Sultan vergebens zu öffnen versuchte, standen Inschriften von eingesetzten Diamanten.

Der Sultan besann sich, als er nach Hause ritt, hin und her, was wohl in den Kistchen sein könnte, welche er mit aller Mühe nicht zu öffnen vermochte. Auch die Aufschrift gab ihm kein Licht in der Sache; denn auf dem einen stand: "Ehre und Ruhm", auf dem anderen: "Glück und Reichtum". Der Sultan dachte bei sich, da würde auch ihm die Wahl schwer werden unter diesen beiden Dingen, die gleich anziehend, gleich lockend seien.

Als er in seinen Palast zurückgekommen war, ließ er die Sultanin rufen und sagte ihr den Ausspruch der Fee, und eine wunderbare Hoffnung erfüllte sie, daß jener, zu dem ihr Herz sie hinzog, das Kistchen wählen Würde, welches seine königliche Abkunft beweisen sollte.

Vor dem Throne des Sultans wurden zwei Tische aufgestellt; auf sie setzte der Sultan mit eigener Hand die beiden Kistchen, bestieg dann den Thron und winkte einem seiner Sklaven, die Pforte des Saales zu öffnen. Eine glänzende Versammlung von Bassas und Emiren des Reiches, die der Sultan berufen hatte, strömte durch die geöffnete Pforte. Sie ließen sich auf prachtvollen Polstern nieder, welche die Wände entlang aufgestellt waren.

Als sie sich alle niedergelassen hatten, winkte der König zum zweitenmal, und Labakan wurde hereingeführt. Mit stolzem Schritte ging er durch den Saal, warf sich vor dem Throne nieder und sprach: "Was befiehlt mein Herr und Vater?"

Der Sultan erhob sich auf seinem Thron und sprach: "Mein Sohn! Es sind Zweifel an der Echtheit deiner Ansprüche auf diesen Namen erhoben worden; eines jener Kistchen enthält die Bestätigung deiner echten Geburt, wähle! Ich zweifle nicht, du wirst das rechte wählen!"

Labakan erhob sich und trat vor die Kistchen, er erwog lange, was er wählen sollte, endlich sprach er: "Verehrter Vater! Was kann es Höheres geben als das Glück, dein Sohn zu sein, was Edleres als den Reichtum deiner Gnade? Ich wähle das Kistchen, das die Aufschrift "Glück und Reichtum" zeigt. "

"Wir werden nachher erfahren, ob du recht gewählt hast; einstweilen setze dich dort auf das Polster zum Bassa von Medina", sagte der Sultan und winkte seinen Sklaven.

Omar wurde hereingeführt; sein Blick war düster, seine Miene traurig, und sein Anblick erregte allgemeine Teilnahme unter den Anwesenden. Er warf sich vor dem Throne nieder und fragte nach dem Willen des Sultans.

Der Sultan deutete ihm an, daß er eines der Kistchen zu wählen habe, er stand auf und trat vor den Tisch.

Er las aufmerksam beide Inschriften und sprach: "Die letzten Tage haben mich gelehrt, wie unsicher das Glück, wie vergänglich der

Reichtum ist; sie haben mich aber auch gelehrt, daß ein unzerstörbares Gut in der Brust des Tapferen wohnt, die Ehre, und daß der leuchtende Stern des Ruhmes nicht mit dem Glück zugleich vergeht. Und sollte ich einer Krone entsagen, der Würfel liegt—Ehre und Ruhm, ich wähle euch!"

Er setzte seine Hand auf das Kistchen, das er erwählt hatte; aber der Sultan befahl ihm, einzuhalten; er winkte Labakan, gleichfalls vor seinen Tisch zu treten, und auch dieser legte seine Hand auf sein Kistchen.

Der Sultan aber ließ sich ein Becken mit Wasser von dem heiligen Brunnen Zemzem in Mekka bringen, wusch seine Hände zum Gebet, wandte sein Gesicht nach Osten, warf sich nieder und betete: "Gott meiner Väter! Der du seit Jahrhunderten unsern Stamm rein und unverfälscht bewahrtest, gib nicht zu, daß ein Unwürdiger den Namen der Abassiden schände, sei mit deinem Schutze meinem echten Sohne nahe in dieser Stunde der Prüfung!"

Der Sultan erhob sich und bestieg seinen Thron wieder; allgemeine Erwartung fesselte die Anwesenden, man wagte kaum zu atmen, man hätte ein Mäuschen über den Saal gehen hören können, so still und gespannt waren alle, die hintersten machten lange Hälse, um über die vorderen nach den Kistchen sehen zu können. Jetzt sprach der Sultan: "Öffnet die Kistchen", und diese, die vorher keine Gewalt zu öffnen vermochte, sprangen von selbst auf.

In dem Kistchen, das Omar gewählt hatte, lagen auf einem samtenen Kissen eine kleine goldene Krone und ein Zepter; in Labakans Kistchen—eine große Nadel und ein wenig Zwirn! Der Sultan befahl den beiden, ihre Kistchen vor ihn zu bringen. Er nahm das Krönchen von dem Kissen in seine Hand, und wunderbar war es anzusehen, wie er es nahm, wurde es größer und größer, bis es die Größe einer rechten Krone erreicht hatte. Er setzte die Krone seinem Sohn Omar, der vor ihm kniete, auf das Haupt, küßte ihn auf die Stirne und hieß ihn zu seiner Rechten sich niedersetzen. Zu Labakan aber wandte er sich und sprach: "Es ist ein altes Sprichwort: Der Schuster bleibe bei seinem Leisten! Es scheint, als solltest du bei der Nadel bleiben.

Zwar hast du meine Gnade nicht verdient, aber es hat jemand für dich gebeten, dem ich heute nichts abschlagen kann; drum schenke ich dir dein armseliges Leben, aber wenn ich dir guten Rates bin, so beeile dich, daß du aus meinem Lande kommst! "

Beschämt, vernichtet, wie er war, vermochte der arme Schneidergeselle nichts zu erwidern; er warf sich vor dem Prinzen nieder, und Tränen drangen ihm aus den Augen: "Könnt Ihr mir vergeben, Prinz? " sagte er.

"Treue gegen den Freund, Großmut gegen den Feind ist des Abassiden Stolz", antwortete der Prinz, indem er ihn aufhob, "gehe hin in Frieden! "

"O du mein echter Sohn! " rief gerührt der alte Sultan und sank an die Brust des Sohnes; die Emire und Bassa und alle Großen des Reiches standen auf von ihren Sitzen und riefen: "Heil dem neuen Königssohn! " Und unter dem allgemeinen Jubel schlich sich Labakan, sein Kistchen unter dem Arm, aus dem Saal.

Er ging hinunter in die Ställe des Sultans, zäumte sein Roß Murva auf und ritt zum Tore hinaus, Alessandria zu. Sein ganzes Prinzenleben kam ihm wie ein Traum vor, und nur das prachtvolle Kistchen, reich mit Perlen und Diamanten geschmückt, erinnerte ihn, daß er doch nicht geträumt habe.

Als er endlich wieder nach Alessandria kam, ritt er vor das Haus seines alten Meisters, stieg ab, band sein Rößlein an die Türe und trat in die Werkstatt. Der Meister, der ihn nicht gleich kannte, machte ein großes Wesen und fragte, was ihm zu Dienst stehe; als er aber den Gast näher ansah und seinen alten Labakan erkannte, rief er seine Gesellen und Lehrlinge herbei, und alle stürzten sich wie wütend auf den armen Labakan, der keines solchen Empfangs gewärtig war, stießen und schlugen ihn mit Bügeleisen und Ellenmaß, stachen ihn mit Nadeln und zwickten ihn mit scharfen Scheren, bis er erschöpft auf einen Haufen alter Kleider niedersank.

Als er nun so dalag, hielt ihm der Meister eine Strafrede über das gestohlene Kleid; vergebens versicherte Labakan, daß er nur deswegen wiedergekommen sei, um ihm alles zu ersetzen, vergebens bot er ihm den dreifachen Schadenersatz, der Meister und seine Gesellen fielen wieder über ihn her, schlugen ihn weidlich und warfen ihn zur Türe hinaus; zerschlagen und zerfetzt stieg er auf das Roß Murva und ritt in eine Karawanserei. Dort legte er sein müdes, zerschlagenes Haupt nieder und stellte Betrachtungen an über die Leiden der Erde, über das so oft verkannte Verdienst und über die Nichtigkeit und Flüchtigkeit aller Güter. Er schlief mit dem Entschluß ein, aller Größe zu entsagen und ein ehrsamer Bürger zu werden.

Und den andere Tag gereute ihn sein Entschluß nicht; denn die schweren Hände des Meisters und seiner Gesellen schienen alle Hoheit aus ihm herausgeprügelt zu haben.

Er verkaufte um einen hohen Preis sein Kistchen an einen Juwelenhändler, kaufte sich ein Haus und richtete sich eine Werkstatt zu seinem Gewerbe ein. Als er alles eingerichtet und auch ein Schild mit der Aufschrift Labakan, Kleidermacher vor sein Fenster gehängt hatte, setzte er sich und begann mit jener Nadel und dem Zwirn, die er in dem Kistchen gefunden, den Rock zu flicken, welchen ihm sein Meister so grausam zerfetzt hatte. Er wurde von seinem Geschäft abgerufen, und als er sich wieder an die Arbeit setzen wollte, welch sonderbarer Anblick bot sich ihm dar! Die Nadel nähte emsig fort, ohne von jemand geführt zu werden; sie machte feine, zierliche Stiche, wie sie selbst Labakan in seinen kunstreichsten Augenblicken nicht gemacht hatte!

Wahrlich, auch das geringste Geschenk einer gütigen Fee ist nützlich und von großem Wert! Noch einen andere Wert hatte aber dies Geschenk, nämlich: Das Stückchen Zwirn ging nie aus, die Nadel mochte so fleißig sein, als sie wollte.

Labakan bekam viele Kunden und war bald der berühmteste Schneider weit und breit; er schnitt die Gewänder zu und machte den ersten Stich mit der Nadel daran, und flugs arbeitete diese weiter ohne Unterlaß, bis das Gewand fertig war. Meister Labakan hatte bald die ganze Stadt zu Kunden; denn er arbeitete schön und außerordentlich billig, und nur über eines schüttelten die Leute von Alessandria den Kopf, nämlich: daß er ganz ohne Gesellen und bei verschlossenen Türen arbeitete.

So war der Spruch des Kistchens, Glück und Reichtum verheißend, in Erfüllung gegangen; Glück und Reichtum begleiteten, wenn auch in bescheidenem Maße, die Schritte des guten Schneiders, und wenn er von dem Ruhm des jungen Sultans Omar, der in aller Munde lebte, hörte, wenn er hörte, daß dieser Tapfere der Stolz und die Liebe seines Volkes und der Schrecken seiner Feinde sei, da dachte der ehemalige Prinz bei sich: "Es ist doch besser, daß ich ein Schneider geblieben bin; denn um die Ehre und den Ruhm ist es eine gar gefährliche Sache. " So lebte Labakan, zufrieden mit sich, geachtet von seinen Mitbürgern, und wenn die Nadel indes nicht ihre Kraft verloren, so näht sie noch jetzt mit dem ewigen Zwirn der gütigen Fee Adolzaide.

Mit Sonnenaufgang brach die Karawane auf und gelangte bald nach Birket el Had oder dem Pilgrimsbrunnen, von wo es nur noch drei Stunden Weges nach Kairo waren — Man hatte um diese Zeit die Karawane erwartet, und bald hatten die Kaufleute die Freude, ihre Freunde aus Kairo ihnen entgegenkommen zu sehen. Sie zogen in die Stadt durch das Tor Bebel Falch; denn es wird für eine glückliche Vorbedeutung gehalten, wenn man von Mekka kommt, durch dieses Tor einzuziehen, weil der Prophet hindurchgezogen ist.

Auf dem Markt verabschiedeten sich die vier türkischen Kaufleute von dem Fremden und dem griechischen Kaufmann Zaleukos und gingen mit ihren Freunden nach Haus. Zaleukos aber zeigte dem Fremden eine gute Karawanserei und lud ihn ein, mit ihm das Mittagsmahl zu nehmen. Der Fremde sagte zu und versprach, wenn er nur vorher sich umgekleidet habe, zu erscheinen.

Der Grieche hatte alle Anstalten getroffen, den Fremden, welchen er auf der Reise liebgewonnen hatte, gut zu bewirten, und als die

Speisen und Getränke in gehöriger Ordnung aufgestellt waren, setzte er sich, seinen Gast zu erwarten.

Langsam und schweren Schrittes hörte er ihn den Gang, der zu seinem Gemach führte, heraufkommen. Er erhob sich, um ihm freundlich entgegenzusehen und ihn an der Schwelle zu bewillkommnen; aber voll Entsetzen fuhr er zurück, als er die Türe öffnete; denn jener schreckliche Rotmantel trat ihm entgegen; er warf noch einen Blick auf ihn, es war keine Täuschung; dieselbe hohe, gebietende Gestalt, die Larve, aus welcher ihn die dunklen Augen anblitzten, der rote Mantel mit der goldenen Stickerei waren ihm nur allzuwohl bekannt aus den schrecklichsten Stunden seines Lebens.

Widerstreitende Gefühle wogten in Zaleukos Brust; er hatte sich mit diesem Bild seiner Erinnerung längst ausgesöhnt und ihm vergeben, und doch riß sein Anblick alle seine Wunden wieder auf; alle jene qualvollen Stunden der Todesangst, jener Gram, der die Blüte seines Lebens vergiftete, zogen im Flug eines Augenblicks an seiner Seele vorüber.

"Was willst du, Schrecklicher? " rief der Grieche aus, als die Erscheinung noch immer regungslos auf der Schwelle stand. "Weiche schnell von hinnen, daß ich dir nicht fluche! "

"Zaleukos! " sprach eine bekannte Stimme unter der Larve hervor. "Zaleukos! So empfängst du deinen Gastfreund? " Der Sprechende nahm die Larve ab, schlug den Mantel zurück; es war Selim Baruch, der Fremde.

Aber Zaleukos schien noch nicht beruhigt, ihm graute vor dem Fremden; denn nur zu deutlich hatte er in ihm den Unbekannten von der Ponte vecchio erkannt; aber die alte Gewohnheit der Gastfreundschaft siegte; er winkte schweigend dem Fremden, sich zu ihm ans Mahl zu setzen.

"Ich errate deine Gedanken", nahm dieser das Wort, als sie sich gesetzt hatten. "Deine Augen sehen fragend auf mich—ich hätte schweigen und mich deinen Blicken nie mehr zeigen können, aber ich bin dir Rechenschaft schuldig, und darum wagte ich es auch, auf die Gefahr hin, daß du mir fluchtest, vor dir in meiner alten Gestalt zu erscheinen. Du sagtest einst zu mir: Der Glaube meiner Väter befiehlt mir, ihn zu lieben, auch ist er wohl unglücklicher als ich; glaube dieses, mein Freund, und höre meine Rechtfertigung!

Ich muß weit ausholen, um mich dir ganz verständlich zu machen. Ich bin in Alessandria von christlichen Eltern geboren. Mein Vater, der jüngere Sohn eines alten, berühmten französischen Hauses, war Konsul seines Landes in Alessandria. Ich wurde von meinem zehnten Jahre an in Frankreich bei einem Bruder meiner Mutter erzogen und verließ erst einige Jahre nach dem Ausbruch der Revolution mein Vaterland, um mit meinem Oheim, der in dem Lande seiner Ahnen nicht mehr sicher war, über dem Meer bei meinen Eltern eine Zuflucht zu suchen. Voll Hoffnung, die Ruhe und den Frieden, den uns das empörte Volk der Franzosen entrissen, im elterlichen Hause wiederzufinden, landeten wir. Aber ach! Ich fand nicht alles in meines Vaters Hause, wie es sein sollte; die äußeren Stürme der bewegten Zeit waren zwar noch nicht bis hierher gelangt, desto unerwarteter hatte das Unglück mein Haus im innersten Herzen heimgesucht. Mein Bruder, ein junger, hoffnungsvoller Mann, erster Sekretär meines Vaters, hatte sich erst seit kurzem mit einem jungen Mädchen, der Tochter eines florentinischen Edelmanns, der in unserer Nachbarschaft wohnte, verheiratet; zwei Tage vor unserer Ankunft war diese auf einmal verschwunden, ohne daß weder unsere Familie noch ihr Vater die geringste Spur von ihr auffinden konnten. Man glaubte endlich, sie habe sich auf einem Spaziergang zu weit gewagt und sei in Räuberhände gefallen. Beinahe tröstlicher wäre dieser Gedanke für meinen armen Bruder gewesen als die Wahrheit, die uns nur bald kund wurde. Die Treulose hatte sich mit einem jungen Neapolitaner, den sie im Hause ihres Vaters kennengelernt hatte, eingeschifft. Mein Bruder, aufs äußerste empört über diesen Schritt, bot alles auf, die Schuldige zur Strafe zu ziehen; doch vergebens; seine Versuche, die in Neapel und Florenz Aufsehen erregt hatten, dienten nur dazu, sein und unser aller Unglück zu vollenden. Der florentinische Edelmann reiste in sein Vaterland zurück, zwar mit dem Vorgeben, meinem Bruder Recht zu verschaffen, der Tat nach aber, um uns zu verderben. Er schlug in Florenz alle jene Untersuchungen, welche mein Bruder angeknüpft hatte, nieder und wußte seinen Einfluß, den er auf alle Art sich verschafft hatte, so gut zu benützen, daß mein Vater und mein Bruder ihrer Regierung verdächtig gemacht und durch die schändlichsten Mittel gefangen, nach Frankreich geführt und dort vom Beil des Henkers getötet wurden. Meine arme Mutter verfiel in Wahnsinn, und erst nach zehn langen Monaten erlöste sie der Tod von ihrem schrecklichen Zustand, der aber in den letzten Tagen zu vollem, klarem Bewußtsein geworden war. So stand ich jetzt ganz allein in der Welt, aber nur ein Gedanke beschäftigte meine Seele, nur ein Gedanke ließ mich meine Trauer vergessen, es war jene mächtige Flamme, die meine Mutter in ihrer letzten Stunde in mir angefacht hatte.

In den letzten Stunden war, wie ich dir sagte, ihr Bewußtsein zurückgekehrt; sie ließ mich rufen und sprach mit Ruhe von unserem Schicksal und ihrem Ende. Dann aber ließ sie alle aus dem Zimmer gehen, richtete sich mit feierlicher Miene von ihrem ärmlichen Lager auf und sagte, ich könne mir ihren Segen erwerben, wenn ich ihr schwöre, etwas auszufahren, das sie mir auftragen würde—Ergriffen von den Worten der sterbenden Mutter, gelobte ich mit einem Eide zu tun, wie sie mir sagen werde. Sie brach nun in Verwünschungen gegen den Florentiner und seine Tochter aus und legte mir mit den fürchterlichsten Drohungen ihres Fluches auf, mein unglückliches Haus an ihm zu rächen. Sie starb in meinen Armen. Jener Gedanke der Rache hatte schon lange in meiner Seele geschlummert; jetzt erwachte er mit aller Macht. Ich sammelte den Rest meines väterlichen Vermögens und schwor mir, alles an meine Rache zu setzen oder selbst mit unterzugehen.

Bald war ich in Florenz, wo ich mich so geheim als möglich aufhielt; mein Plan war um vieles erschwert worden durch die Lage, in welcher sich meine Feinde befanden. Der alte Florentiner war Gouverneur geworden und hatte so alle Mittel in der Hand, sobald er das geringste ahnte, mich zu verderben. Ein Zufall kam mir zu Hilfe. Eines Abends sah ich einen Menschen in bekannter Livree durch die Straßen gehen; sein unsicherer Gang, sein finsterer Blick und das halblaut herausgestoßene "Santo sacramento", "Maledetto diavolo" ließen mich den alten Pietro, einen Diener des Florentiners, den ich schon in Alessandria gekannt hatte, erkennen. Ich war nicht in Zweifel, daß er über seinen Herrn in Zorn geraten sei, und beschloß, seine Stimmung zu benützen. Er schien sehr überrascht, mich hier zu sehen, klagte mir sein Leiden, daß er seinem Herrn, seit er Gouverneur geworden, nichts mehr recht machen könne, und mein Gold, unterstützt von seinem Zorn, brachte ihn bald auf meine Seite. Das Schwierigste war jetzt beseitigt; ich hatte einen Mann in meinem Solde, der mir zu jeder Stunde die Türe meines Feindes öffnete, und nun reifte mein Racheplan immer schneller heran. Das Leben des alten Florentiners schien mir ein zu geringes Gewicht, dem Untergang meines Hauses gegenüber, zu haben. Sein Liebstes mußte er gemordet sehen, und dies war Bianka, seine Tochter. Hatte ja sie so schändlich an meinem Bruder gefrevelt, war ja doch sie die Ursache unseres Unglücks. Gar erwünscht kam sogar meinem rachedürstigen Herzen die Nachricht, daß in dieser Zeit Bianka zum zweitenmal sich vermählen wollte, es war beschlossen, sie mußte sterben. Aber mir selbst graute vor der Tat, und auch Pietro traute sich zu wenig Kraft zu; darum spähten wir umher nach einem Mann, der das Geschäft vollbringen könne. Unter den Florentinern wagte ich keinen zu dingen, denn gegen den Gouverneur würde keiner etwas Solches unternommen haben. Da fiel Pietro der Plan ein, den ich nachher ausgeführt habe; zugleich schlug er dich als Fremden und Arzt als den Tauglichsten vor. Den Verlauf der Sache weißt du. Nur an deiner großen Vorsicht und Ehrlichkeit schien mein Unternehmen zu scheitern. Daher der Zufall mit dem Mantel.

Pietro öffnete uns das Pförtchen an dem Palast des Gouverneurs; er hätte uns auch ebenso heimlich wieder hinausgeleitet, wenn wir nicht, durch den schrecklichen Anblick, der sich uns durch die Türspalte darbot, erschreckt, entflohen wären. Von Schrecken und Reue gejagt, war ich über zweihundert Schritte fortgerannt, bis ich auf den Stufen einer Kirche niedersank. Dort erst sammelte ich mich wieder, und mein erster Gedanke warst du und dein schreckliches Schicksal, wenn man dich in dem Hause fände. Ich schlich an den Palast, aber weder von Pietro noch von dir konnte ich eine Spur entdecken; das Pförtchen aber war offen, so konnte ich wenigstens hoffen, daß du die Gelegenheit zur Flucht benützt haben könntest.

Als aber der Tag anbrach, ließ mich die Angst vor der Entdeckung und ein unabweisbares Gefühl von Reue nicht mehr in den Mauern von Florenz. Ich eilte nach Rom. Aber denke dir meine Bestürzung, als man dort nach einigen Tagen überall diese Geschichte erzählte mit dem Beisatz, man habe den Mörder, einen griechischen Arzt, gefangen. Ich kehrte in banger Besorgnis nach Florenz zurück; denn schien mir meine Rache schon vorher zu stark, so verfluchte ich sie jetzt, denn sie war mir durch dein Leben allzu teuer erkauft. Ich kam an demselben Tage an, der dich der Hand beraubte. Ich schweige von dem, was ich fühlte, als ich dich das Schafott besteigen und so heldenmütig leiden sah. Aber damals, als dein Blut in Strömen aufspritzte, war der Entschluß fest in mir, dir deine übrigen Lebenstage zu versüßen. Was weiter geschehen ist, weißt du, nur das bleibt mir noch zu sagen übrig, warum ich diese Reise mit dir machte.

Als eine schwere Last drückte mich der Gedanke, daß du mir noch immer nicht vergeben habest; darum entschloß ich mich, viele Tage mit dir zu leben und dir endlich Rechenschaft abzulegen von dem, was ich mit dir getan. "

Schweigend hatte der Grieche seinen Gast angehört; mit sanftem Blick bot er ihm, als er geendet hatte, seine Rechte. "Ich wußte wohl, daß du unglücklicher sein müßtest als ich, denn jene grausame Tat wird wie eine dunkle Wolke ewig deine Tage verfinstern; ich vergebe dir von Herzen. Aber erlaube mir noch eine Frage: Wie kommst du unter dieser Gestalt in die Wüste? Was fingst du an, nachdem du in Konstantinopel mir das Haus gekauft hattest? "

"Ich ging nach Alessandria zurück", antwortete der Gefragte. "Haß gegen alle Menschen tobte in meiner Brust, brennender Haß besonders gegen jene Nationen, die man die gebildeten nennt. Glaube mir, unter meinen Moslemiten war mir wohler! Kaum war ich einige Monate in Alessandria, als jene Landung meiner Landsleute erfolgte.

Ich sah in ihnen nur die Henker meines Vaters und meines Bruders; darum sammelte ich einige gleichgesinnte junge Leute meiner

Bekanntschaft und schloß mich jenen tapferen Mamelucken an, die so oft der Schrecken des französischen Heeres wurden. Als der Feldzug beendigt war, konnte ich mich nicht entschließen, zu den Künsten des Friedens zurückzukehren. Ich lebte mit einer kleinen Anzahl gleichdenkender Freunde ein unstetes und flüchtiges, dem Kampf und der Jagd geweihtes Leben; ich lebe zufrieden unter diesen Leuten, die mich wie ihren Fürsten ehren; denn wenn meine Asiaten auch nicht so gebildet sind wie Eure Europäer, so sind sie doch weit entfernt von Neid und Verleumdung, von Selbstsucht und Ehrgeiz."

Zaleukos dankte dem Fremden für seine Mitteilung, aber er verbarg ihm nicht, daß er es für seinen Stand, für seine Bildung angemessener fände, wenn er in christlichen, in europäischen Ländern leben und wirken würde. Er faßte seine Hand und bat ihn, mit ihm zu ziehen, bei ihm zu leben und zu sterben.

Gerührt sah ihn der Gastfreund an. "Daraus erkenne ich", sagte er, "daß du mir ganz vergeben hast, daß du mich liebst. Nimm meinen innigsten Dank dafür!" Er sprang auf und stand in seiner ganzen Größe vor dem Griechen, dem vor dem kriegerischen Anstand, den dunkel blitzenden Augen, der tiefen Stimme seines Gastes beinahe graute. "Dein Vorschlag ist schön", sprach jener weiter, "er möchte für jeden andern lockend sein — ich kann ihn nicht benützen. Schon steht mein Roß gesattelt, erwarten mich meine Diener; lebe wohl, Zaleukos!" Die Freunde, die das Schicksal so wunderbar zusammengeführt, umarmten sich zum Abschied. "Und wie nenne ich dich? Wie heißt mein Gastfreund, der auf ewig in meinem Gedächtnis leben wird?" fragte der Grieche.

Der Fremde sah ihn lange an, drückte ihm noch einmal die Hand und sprach: "Man nennt mich den Herrn der Wüste; ich bin der Räuber Orbasan."

Lightning Source UK Ltd.
Milton Keynes UK
UKHW012232011021
391519UK00001B/279